河出文庫

カチカチ山殺人事件

昔ばなし×ミステリー【日本篇】

伴野朗／都筑道夫
戸川昌子／高木彬光／井沢元彦
佐野洋／斎藤栄

河出書房新社

目次

カチカチ山殺人事件

昔ばなし×ミステリー【日本篇】

カチカチ山殺人事件

伴野　朗

「おにいちゃん、はやくいこう。ゾウさんだよ……」

半袖の赤い上着の女の子が、長身の青年を急き立てた。お河童で、クリクリとした可愛い眼をしていた。まだ、精々三歳ぐらいであろう。ちょっと、おませで、利発そうな顔をしていた。

「マコちゃん、そんなに急がなくとも、ゾウさんは逃げないよ」

青年の長髪が、ふさふさと揺れた。長い脚にブルーのジーンズがぴったりとフィットしている。

動物園はかなり混んでいた。夏休みは終ったばかりで、九月の午後の陽射しは、まだ夏のものだ。青年は、ポケットのハンカチで額と首筋の汗を拭った。

「あっ、おサルさんよ。おにいちゃんてば——」

女の子は、青年の手を離れてチョコチョコと駆け出した。

「危ないよ、急いでは……」

ゆっくりとあとを追いながら青年が声をかけた。猿山の前で女の子に追いつくと、抱きあげて肩車した。

「ホラ、よく見えるだろう。マコちゃん」

「ウン。……あっ、あかちゃんがいる。あすこ。おかあさんにおんぶしてもらっているよ」

「マコちゃんは、動物さんが好きだね。いちばん好きなのは、なあに？」

「パンダさん」

「次は？」

「ペンギンさん……」

「どうしたの？」

「でもね、パンダさんもペンギンさんも、わたしのでんわにおかおがないのよ」

「ああ、あの電話だね。いつも遊んでいる」

「そうよ。だから、パンダさんとペンギンさんのしるしはしらないの、マコちゃんは」

「さあ、次はなにを見ようかな？」

「キリンさんよ。わたし、キリンさんのしるしをしってるわよ」

「キリンさんか。はい、マコちゃん、こっちだよ。お腹減らないかい？」

「うん、ちょっと……」

「じゃあ、ポップコーン買おうね。この次はお金が入るから、マコちゃんの大好きなお寿司をご馳走するよ」

　青年の背の辺りを、二匹の赤トンボがかすめるように通り過ぎた。

1

Q大学大学院生、杉下保彦の他殺体がアパートの一室で発見されたのは、九月六日午後五時すぎであった。発見者は、牛乳販売店の集金人で、その時の模様を、警察に対し次のように述べている。

「五時すぎ、おそらく十分ごろではないか、と思いますが、世田谷荘のお得意さんを回り始めました。裏の空地にバイクを停めたものですから、まず、二階から始めたのです。二〇号室の矢原さん方はお留守でした。小さな娘さんと奥さんの二人暮しで、奥さんが働いています。矢原さんとこは、また夜にでも出直すつもりで、隣の二一号室をノックしたのです。……ドアは完全に閉っていませんでした。杉下さんは在室中かな、と思ってドアを開けました。玄関からは奥の四畳半が見通せます。そこに倒れている杉下さんを見つけた時は、腰の抜けるほど驚きましたよ。部屋には西陽が射しているから、よく見えました。頭から血を流していたのです。慌てて一階の管理人室から一一〇番したのです」

現場の捜査は、所轄署と、警視庁捜査一課の協力で進められた。

世田谷荘は、通りから入った横道に面した木造二階建の古いアパートで、一階に六世帯、二階に五世帯が入っていた。二階からは階段が、横道と裏の空地に通じていた。空地は、アパートの人間を含めた近所の〝車庫なしマイカー族〟の駐車場のようになっているが、本来は近くの物持ちの所有で、近々マンションが建つことになっていた。

解剖の結果、被害者の死亡推定時刻は、午後三時から同四時までの一時間と判定された。捜査の力点は、白昼の犯行時間帯の付近の聞き込み、被害者の交友関係などに絞られた。

二一号室は、玄関に通ずる台所と西側の四畳半二間という間取りで、杉下が頭蓋骨を金属バットで割られて倒れていたのは、奥の南側の四畳半である。室内は物色された跡があったが、単純に物盗りとも決めかねるものがあった。と、いうのも、一大学院生の杉下がそれほど金目のものを持っていたとも思えず、四畳半に出された机の上には、ビール瓶と二つのカップが並んでいた。ビール瓶は倒れ、中味の大半は流れ出ていたが、カップは真新しい状況だった。

杉下の傷は、後頭部を力まかせに金属バットで強打されており、即死したものとみられた。凶器の金属バットは、被害者のもので、部屋の隅に立てかけてあった。

その夜、所轄署の捜査本部で行われた捜査会議での討議の結果は、次の所轄署捜査課長の

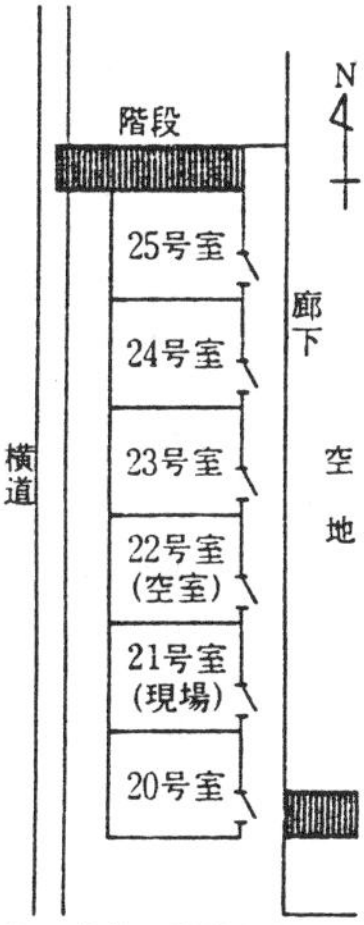

世田谷荘二階見取図

総括に集約されていた。

「現場の状況を見る限り、物盗りの線は薄いといわなければならない。つまり、犯人に対し、被害者はビールを出している。だが、犯人はビールに手をつける前に隙を見て、被害者を襲い、死に至らしめている。顔見知りの犯行、動機は怨恨という線が濃いように思えるが、ただ犯人は顔見知りということを隠蔽するためだけに室内を物色したのか。それとも、被害者を殺して手に入れたいなにかを捜していたのか——この点は今後の捜査に待たなければならん。管理人が午後三時半に、杉下の部屋へ速達を届けているが、その時、杉下は一人だった。犯人の現場への侵入は、三時半から四時に絞ってよかろう」

所轄署のベテラン部長刑事、繁山房吉も同様の疑惑を抱いていた。聞き込みや被害者の身辺捜査に当った刑事たちからの報告は、この疑問を解くには不十分なものばかりであった。ただ、二人の刑事の報告が、繁山の興味をひいた。

「アパートの入口に面した横道には、午後三時十五分ごろからトラックを改造した八百屋の移動販売車が停っていました。約三十分間です。その間、付近の主婦たちが販売車に集まっていましたが、不審な者を目撃していません。車が立ち去った後は、一階の管理人の子ども——小学校六年生と四年生ですが——が横道でキャッチボールをしています。二人とも、四時までの十五分間に、世田谷荘へ入った者はいないといっています」

——と、いうことは、横道から現場に入るためには、三時から三時十五分までの十五分間しか残されていない。問題は、裏の空地ということになるが……。

繁山は、この日何十本目かの煙草に火をつけた。

「裏の空地ですが、この時間帯ずっと幼児が遊んでいました」

繁山の疑問に応(こた)える形で、立花という若い刑事が立ち上った。まだ独身だが、子ども好きの男だ。口の悪い同僚のなかには、幼稚園の先生になった方が似合うなどといい出す者もいる。

「幼児が？」

捜査課長がオウム返しに訊いた。繁山は、煙草をくわえ直した。

「そうです。被害者(ガイシャ)の隣室、二〇号室の矢原美佐子の長女でマサコといいます。三歳三ヵ月ですが、なかなか利巧な子でして」

「その子は、なにを目撃したのだ？」

「ままごとをしていて、車が一台、空地に入って来たといっています」

一座が急にざわめいた。犯行時間帯に、裏の空地に停車した車があるという聞き込みだけに、誰もが次の立花の発言に注目していた。

「で、その子はなんといったのだ？」

「はい、マコちゃん——その子はマコちゃんという呼び名なんですが——は、お兄さんが降りて、階段の方へ行った、というのです」

「何歳ぐらいの男だ？」

「それが、ただ〝お兄さん〟というだけで……利巧なようでも子どもですから」

「その女の子は、その男が世田谷荘の階段をあがるのを見たのかね？」

「その点もはっきりしません」

「おい、おい、立花君、それじゃあ話にならないではないか」

「はあ、でも、車はどうもライトバンらしいのです。車体に珍しいものが書いてあったようですから、案外見つかるかも……」

「なにが書いてあったというのだ？　立花君」

「はあ、マコちゃんがいうにはです。車体にタヌキさんとタヌキさん、それにウサギさんがいたと……」

「なに、タヌキとウサギ——。それじゃあまるで〝カチカチ山〟じゃあないか」

一座の緊張が解け、どっと笑い声が起った。だが、立花はまだ真顔であった。

「私は、玩具屋か、ペット専門店の車ではないか、と思うのですが」

「なるほど、無駄だとは思うが、君はその線を追ってみてくれ」

課長は、あっさりと立花に許可を与えた。だが、その顔は、はっきり期待薄を示していた。

2

繁山は、布団の上に腹ばいになり、煙草に火をつけた。寝煙草を嫌がる老妻は、横で軽い寝息をたてている。捜査会議で報告された被害者、杉下保彦の輪郭をもう一度頭に思い浮べた。

山陰の代々続いた素封家の生れだが、父親の代に没落し、両親はすでにいない。現在、Q大学大学院で児童心理学を専攻している。学業のかたわら、学習塾の講師、家庭教師のほか、私鉄駅に近いガソリン・スタンドで三日に一度、深夜勤のアルバイトをしている。アパートの部屋代は、きちんきちんと支払っており、遅延はないが、生活費はかなり切り詰めていた様子だ。近所の評判は、子ども好きの好青年として、すこぶるよい。女性関係は、いまのところ特別なものは発見されていない。部屋も、男世帯にしてはきちんと片付いており、この青年の几帳面な性格を物語っていた。

青年のひたむきな生活ぶりが、繁山の脳裏にも、はっきりとした映像となって浮んだ。

——大学の成績もよい。交友関係にも問題はない。二十四歳の好青年が後頭部を割られる原因はなにもないではないか。

繁山は、二本目の煙草に火をつけていた。妻が起きていたら、また口喧嘩になるに違いない。

——捜査会議で、立花の報告を笑ったが、犯人の侵入経路の可能性としては、午後三時から三時十五分までの横道からの表階段、それに裏の空地からということになる。三歳三ヵ月の子どもの証言をどこまで信じることが出来るのだろうか。

繁山には、子はなかった。従って孫もいない。三歳三ヵ月の女の子といわれても、ピンとこないのだ。だが、立花刑事の報告がなんとはなしに頭の隅っこに引っかかった。

——あと二年もすれば、勇退の年齢だ。署長から「ご苦労さま」と肩を叩かれる前に、依願退職願を出そう。

もう一年も前から頭のなかで温めている停年の構図が、なんとはなしに思い出された。警察を辞めたあと、職にあてがあるわけではない。

——老人二人、まあ、誰の世話にもならず食っていけるだろう。

いつもの楽観論が頭をもたげてきたのをしおに、煙草の火を丹念に消した。眼をつむると、台所で鳴いているのか、コオロギの鳴き声がした。

3

立花刑事は翌日夕方、矢原家を訪問した。事件の日にも訪れているから、これで二度目だ。

「やあ、また来ました。はい、マコちゃん、お土産だよ」

近くの店で買ったアイスクリームの箱を駆け寄って来た女の子に手渡した。台所にいたらしい二十五、六歳の女性が、玄関の入口に座布団を勧めた。昨日は、この女性を母親の矢原美佐子と間違えたものだ。美佐子の妹の芙佐子で、姉が交通事故で入院中なので、泊り込みで子どもの世話をしている、と彼女は答えた。美佐子は五日前に自転車を後ろから来た自動車に引っかけられ、左足に怪我をして、近くの病院に入院中であった。

「それは大変ですね」

という立花の言葉に、彼女は、もう少しで退院出来そうです。轢(ひ)き逃げでしたけど怪我が思ったより軽く、不幸中の幸いでした、と控え目に答えたのだった。

「あっ、すみません。マコちゃん、ありがとうは」

芙佐子が頭をさげた。

「また、マコちゃんに少し訊きたいことがありましてね」

「杉下さん、本当にお気の毒ですね。いい学生さんでしたのにね。マコちゃんも随分可愛がって貰ったんですよ」

「おにいちゃんと、どうぶつえんにいったのよ。パンダさんやおサルさん、キリンさんがいたわ。ペンギンさんもよ」

「へえ、それはよかったね。今度はおじさんと行くかな」

「いいわよ」

「おにいさんの部屋へ遊びに行ったことは？」

「あるわよ、おすしおいしかった」

「お寿司をご馳走になったの？」

「そうよ。おやくそくだもん。どうぶつえんでしたんだもん」

「そう、よかったね。で、きのうマコちゃんが裏の空地で遊んでいた時、入ってきた自動車と、車から降りたおにいさんのことをもう少し教えてくれないかな」

「いいわよ」

立花は、根気よく幼い記憶を掘り起す努力を続けたが、昨日以上のものを引き出すことは出来なかった。立花は、重い腰をあげようとした。

「おじさん、あそんでよ。でんわごっこしない？　おとなりのおにいちゃんともよくしたのよ」

マコは、プラスチック製の赤い電話機を持っていた。なんの変哲もない安物の玩具であった。ダイヤルの中央に可愛いイヌの絵があり、その下に黄、ピンク、緑、青のボタンが並んでいる。ネジを巻いてこれらのボタンを押すと、ベルが鳴る仕掛けであった。ダイヤルの本来数字のある部分にも、なにかマンガが書いてあった。数字は、ダイヤルの外側に並んでいた。

「マコちゃん、おじさまは、とてもお忙しいのよ。おばさんと遊びましょうね」

「ごめんね。今度、遊ぼうね、マコちゃん」

「マコちゃん、おじさんとあそびたい」

「ご無理をいってはいけないわ。でも、マコちゃんは、電話ごっこが好きね」

立花は、残暑が貼り付いたように漂っている薄暮の街へ出た。

朝から、足を棒にして玩具店――卸し店を含めて――と、ペット専門店を回ったが、タヌキとウサギを車体に書いた車を持っている店の手掛りはまったくなかった。業界の組合、業界紙も当ったが、そんな車には見覚えはないという冷たい返事だった。

――俺は、見当違いの捜査をやっているのだろうか。

立花は、その弱気を頭から振り払った。

――状況からみて、マコちゃんの見た車に乗っていた男が真犯人だ。カギは、あの子が握っている。

確信に似た感情が、彼の心を満した。

——あすは、あの子の母親を病院に訪ねてみよう。あの子について一番よく知っているのは、母親なのだから。

4

その夜の捜査会議で、有力な容疑者が浮んできた。

アパートの聞き込みに当っていた刑事が、二五号室に住む片田雄二という二十六歳の会社員のズボンに血痕が付着していることを突き止めた。端緒は、二四号室の主婦の話である。事件当日の午後四時前、廊下に面した台所にいた彼女は、足早に自室に戻る片田を目撃した。その時、ベージュのズボンの裾に赤い斑点がついていたことを思い出した。犯人が同じアパートの二階の住人なら、表と裏の階段の出入りにこだわる必要はなくなってくる。

また、別の刑事の聞き込みが、この考えを裏付けた。横道を隔ててアパートの斜め前に住む二人の主婦が午後二時五十分ごろから同三時十五分の八百屋の移動販売車が来るまで、生垣の陰で世間話をしていたのだが、前の世田谷荘の階段を登る人物は見なかった、と証言したのだ。

捜査本部は、片田と杉下の関係を徹底的に調べあげた。二人は、高校は違うが同郷で、杉下のガソリン・スタンドの夜勤アルバイトは、石油販売会社に勤めている片田が紹介したものだった。彼は、営業部外勤二課の課員で、都内の系列スタンドを回り、自社製品のセールスをしていた。それだけに、スタンドには顔が利いたらしい。石油ショック以来、販売会社の鼻息は荒く、石油の優先確保の代償にリベートを要求する営業マンも少なくなかった。片田は、新宿のスナックの女の子に惚れており、かなりの金を入れあげていることがわかった。いくつかのガソリン・スタンドから強引な方法でリベートを巻きあげ、遊興費に当てていた。さらに、杉下から十万円の金を借りている事実が明らかとなった。杉下の部屋の、写真立ての裏から片田の借用証が出て来たのだ。

捜査本部は、ただちに片田を重要参考人として任意同行を求め、取調べを開始した。二五号室も徹底的に捜査された。ルミノール検査でズボンの血は確認され、被害者の血液型と一致していることがわかった。片田は、杉下から金を借りていたこと、その金は杉下の学費の一部で、返済を迫られていたこと、さらに、犯行当日杉下の部屋を訪れたことは認めたが、杉下殺害についてはかたくなに否認した。

「私は、やってはいません。午後三時五十分ごろ、杉下の部屋に行きました。もう少し、金の返済を待ってくれるよう頼むつもりでした。ドアはあいていました。入ると、杉下が四畳半に倒れていたのです。びっくりしましたが、借用証を取り返したい、と咄嗟(とっさ)に思ったのです。部屋のなかを手当り次第に捜しましたが、見つかりませんでした。そのうちに恐くなってきたのです。誰か訪ねてくれれば、状況は私が犯人であると示しています。慌てて逃げ出し、自分の部屋に帰ったのです。ズボンの血はその時ついたものです」

片田の供述は、その点では一貫していた。だが、捜査本部の大勢は、片田の犯行に傾いていた。いくつかの少数意見もあるにはあった。まず第一に、十万円を返済していない片田に、杉下がビールを出すであろうか、という点である。さらに、たった十万円が人を殺す動機となるだろうか、という疑問だった。

繁山は、少数意見派であったが、万事に地味な彼の存在は、捜査の方向に影響を与えることは、まずなかった。

捜査本部は、物証に自信を持っていた。片田が犯行を否認しても、身柄を検察庁に送る腹を固めていた。

刑事たちは、片田の犯行を裏付けるさらに確固たる証拠を求めて靴を磨り減らしていた。当然のことながら、立花刑事も、タヌキとウサギの「カチカチ山」捜しだけにかかわりあっておれなくなった。杉下の勤めていたガソリン・スタンドの事情聴取に駆り出されることになった。相棒は、ベテランの繁山部長刑事である。

スタンドは、私鉄駅と立体交差している幹線道路を南に入ったバス道路との十字路にあった。杉下のアパートから車で十分という距離だ。経営者は、頭の薄い五十年配の小肥りの男だった。

「杉下君ねェ――。真面目ないい青年でしたよ。近ごろの若い者には珍しいんじゃあないですか」

深夜勤は、一人の勤務となるが、金銭の面倒も起していない。同僚との付合いもあまりなく、ここにも問題点はなかった。片田は、このスタンドでも、月に三万円程度のリベートを要求していた。だが、片田が顔を出すのは昼間で、深夜勤の杉下との接点はここでは見つからなかった。

小さな事務所の外を、赤いスポーツカーが疾風のように走り去った。

「交通量の多い所ですな」

繁山が、冷たい麦茶のグラスに手を伸ばして言った。

「バス道路から、左折して来る車が危ないのですよ。一ヵ月ほど前に、店に飛び込まれましてね」

「車にですか？」

「そうですよ。刑事さん。それが近所の車でしてね。ほら、向いの右角に『001』というメンズ・ファッションの店があるでしょう。あすこの息子の車にやられたのですよ」

「――――」

「幸い人間には怪我はありませんでしたが、メーターやらなにやらめちゃくちゃですわ」

「それで……」

「まあ、近所のことですし、示談で話はつきましたが、息子さんの方は免許停止ということで……」

「そうですか」

「一週間ほど前にも、この前で轢き逃げがありましてね。……あれは、杉下君と同じアパートの主婦ではなかったかな」

「矢原美佐子という女性ですか？」

立花が、口を挟んだ。

「そう、そんな名でした」

「君、知っているのか？」

繁山が、怪訝な顔をした。

「ほら、例のマコちゃんのお母さんですよ」

小肥りの経営者は、話好きとみえた。

「その矢原さんという方は、速記の翻訳をやっておられたんだそうですよ。なんでも、急ぎの仕事があって、徹夜で仕上げたんだそうです。夜明け前に仕事が仕上った。気分転換に自転車で散歩に出たわけです。夏の早朝というのは、爽やかですからね。そうしたら、ここの十字路で、信号無視の車に跳ね飛ばされたんですよ。ちょうど、杉下君が勤務してて、救急車を呼んだのです」

「杉下さんは、轢き逃げした車について、なにかいってなかったですか？」

繁山が、何気なく訊いた。わずかな手掛りも逃さない老練な捜査官の技術であった。

「その時、警察の方にも申し上げたようですが、急のことでわからなかった、と聞きましたが……」

繁山は、窓を通して外を見た。メンズ・ファッション「００１」の前に、店名を海老茶色の車体に書いた中型のライトバンが停っていた。

5

署に帰った繁山は、立花を促して交通課へ回った。彼は一週間ほど前に起った十字路の轢き逃げ事件を担当者に訊ねた。

「あの事件（ヤマ）は、まだわかっていないですね。被害者は、自転車から落ちた時、頭を打って軽い脳震盪（のうしんとう）を起し、加害者の車はまったく見ていない。救急車を呼んだガソリン・スタンドの青年も急ブレーキの音で事故に気がついた、といっているんです。ただ、現場にブルーの塗料が落ちていた。そいつを手掛りにシコシコ車種の割り出しをやっている最中です。私の見込みでは、外車のものですね。車種がわかると、数が多くないから意外に早く割れるかも知れない、という気はしていますがね」

「轢き逃げした車の色はブルーですな」

繁山が、念を押した。

「そうですが……」

「海老茶の塗料は？」

「現場にはありませんでした。繁山さんになにか心当りでも？」

「いや、思いつきですよ。気にせんで下さい」

繁山は、立花を署の前のそば屋に誘った。繁山は、ざるそばを、立花は親子丼を注文した。

「立花君、交通課へ行って妙なことを訊くと思ったかね」

「ええ、最初は。でも、私にも繁山さんの狙いの見当がつきました」

「わかったかね？」

「繁山さんも、片田真犯人説には納得がいかないのでしょう。私も、マコちゃんのいう車の男がどうも引っ掛るんです。そこで、杉下のことをもう一度考えてみた。片田以外に彼に殺意を持つ者はいないか？」

　立花は、自問自答する調子で、繁山の顔を見た。

「いたのかね？」

「いました。さっきスタンドで聞いた轢き逃げ事件ですよ。杉下が、早朝の轢き逃げ犯人を知っていたとしたら……」

「なるほど」

「杉下が、犯人を強請ったとしたら、犯人は杉下を消したくなる道理ですよね」

「それに、犯人は免許停止を食っていたとしたら……」

「あっ、あのメンズ・ファッションの息子ですか！」

「それは、調べてみなければわからない。マコちゃんの母親――矢原美佐子といったかな――にも会う必要がありそうだな」

「しかし、あのライトバンには、タヌキとウサギの絵は描いてなかったですね」

「まだ、カチカチ山にこだわっているのか」

「あの子は、嘘はいってませんよ。きっと、彼女は見たに違いない」

「おい、立花君、親子丼がきたぞ。冷めないうちに食った、食った」


一時間後、二人は、メンズ・ファッション「001」を訪れていた。

小心そうな小男の経営主は、警察手帳に最初から低姿勢であった。

「初男がまたなにか？」

一人息子の船田初男は、わがままいっぱいに育てられた道楽者であった。P大に入学したものの、ろくに学校へも行かず、遊び仲間のおだてに乗って面白おかしい日々を送っていた。両親が甘やかしたことが、この男を決定的な無責任人間にしてしまった。遊んだ末、不始末を仕出かすと、その度に親のもとに泣いて帰った。両親は、初男の尻拭いをしてやることに、彼への愛情を見つけていた。このパターンは定着した。「001」は、この一帯では名の知れた店であった。初男は、金に不自由することはなかった。酒、女、賭博……だが、彼を一番夢中にしたのは、自動車であった。だが、彼には、この高度にメカナイズドされた精密機械を自由に操るだけの運動神経と能力に恵まれていなかった。乗り始めから事故を繰り返した。軽度のうちはまだよかった。向いのガソリン・スタンドに飛び込む事故では、免許停止処分を受けた。この措置にかえって両親は喜んだ。これで自動車を運転しなくなると。

船田初男は、だらしなく青ぶくれた、若者らしい精気を感じさせない男だった。動作がのろのろしているのが、妙に立花の神経にさわった。

「九月二日の朝早く、どこにいたね」

繁山が、訊いた。

「朝早くって、何時ごろ？」

船田は、面倒くさそうに答えた。

「未明だ」

「ベッドで寝ているに決ってるじゃん」

「この家のかね？」

「そうだよ」

彼は、ずるそうに両親の顔を見た。二人は、申し合せたように頷いた。

「ブルーの外車を乗り回していたのじゃあないのかい？」

繁山の放ったカウンター・ブローで沈黙が続いた。といっても、船田の表情に大きな変化が現われたわけではなかった。どんよりとした、死んだ魚のような眼が、じっと繁山を見つめていた。

――こいつ、見かけより頭の回る、図太い男かも知れぬ。

繁山の直感は間違っていなかった。

「刑事さん、証拠でもあるのかい？」

その声は、からみつくような、病的な響きを持っていた。

「いや、残念ながら……。でも君は、この十字路で起った轢き逃げ事件は知っているな」

「知るもんか。俺に用があるなら逮捕状を持って来な。もっとも、裁判所を納得させるだけの証拠が必要だがね」

船田は、歯を剝き出して笑った。人を小馬鹿にしたような、耳ざわりな笑い声だった。

「よかろう。きょうのところは退散しよう」

繁山は、立花を促した。傍には、口を挟めないで眼を白黒させている船田夫妻が立っていた。

6

「どう思うね？　立花君」

「いやな男ですね。友人にはしたくない」

「両親の前では、居丈高になる。頭も悪くない。だが、弱点も多い男のようだ。身柄を引っぱって、締めあげれば、長くもつタイプではないな」

「では、引っぱりますか？」

「なにも証拠はない。こちらの勘だけだ。ところが当ってみると、どうも臭い。だが、捜査本部は、片田を固めることで頭がいっぱいだ。俺やお前さんが、船田初男を持ち出しても、誰も見向きもしないね。マコちゃんの母親を轢いたブルーの車の線から、なにか出れば、話は別だが」

「そのマコちゃんの母親——入院している矢原美佐子ですが、一度彼女に会ってみませんか。

事故当時のことをなにか思い出したかも知れませんよ。それに、あの妹がいるくらいなら、美人だろうし」

「矢原美佐子か、俺も一度会っておくか。ここまでくれば、どうせ乗りかかった船だからな」

市民病院の三階三二五号室という大部屋が、美佐子の病室だった。美佐子の怪我は左足の骨折で、ギプスをはめていた。

「申し訳ないのですけど、あの時のことはほとんど覚えていませんの。東の空が白みはじめた時間でした。あの十字路を渡っている最中、後ろに大きなショックを感じた途端に振り飛ばされていたのです。それっきりです。杉下さん——隣の部屋の学生さんですけど——の声で気がつきましたが、その時、相手の車はもういませんでした」

「後ろから車の音は？」

「聞えていたような気がします。でも、振り返りはしませんでした」

「杉下さんは、相手の車のことについて、なにも喋りませんでしたか？」

「急ブレーキの音で気がついた、としか」

「専門家の話だと、奥さんを轢いた車は、ブルーの外車らしいというのですが？」

「相手の車の影も見ていないのです。誠に申し訳ありませんが」

「マコちゃんは、利発なお子さんですが、観察力はいかがです？」

立花は、話題をマコちゃんの証言能力に変えた。

「マコがなにか？」

「いやいや、ちょっとしたことです。マコちゃんの見たことが、われわれの役に立っていますので」

「ああ、そうですか。あの子は、年の割にはしっかりしていると思います。親の口からこんなことを申し上げるのもなんですが、わからないことは、わからない、と申す子なんです。あの子が見た、といっているのなら、私は間違いないと、思いますが、いったいなにを見たのでしょうか？」

「ええ、実は――タヌキとウサギの絵らしいのですが……マコちゃんは、お伽噺は好きですか？」

「ええ、大好きですわ。私もよく読んでやります。でも、なんでしょうね、タヌキとウサギの絵は？」

「マコちゃんは、空想好きではありませんか？　現実の話と、ママに読んで貰った話とがいっしょになるとか」

「空想好きといえば、そういえるかも知れませんが……」

二人は、ここで腰をあげた。廊下へ出ても、病院独特の消毒剤の匂いが充満している。

「結局、無駄足でしたね」

「そうでもないさ。美人の顔を拝めたのだからな」

「そういえば、向うから美人がもう二人来ますよ」

立花は、エレベーターを降りて、こちらへ進んで来る二人を指差した。マコを連れた芙佐子だった。

「おじさん！」

マコが駆けて来た。

「おじさんたちも、ママのおみまい？」

「ああ、そうだよ。先日はどうも失礼しました」

芙佐子に挨拶してから、繁山を紹介した。二人を驚かす言葉を、マコが口にしたのは、その時だった。

「ママのおへや、ゾウさん、おサルさん、キリンさんだったでしょう。おじさん！」

「ゾウ、サル、キリン――」

立花は、ポカンとマコちゃんの顔を見た。

「彼女の部屋は、三二五号室――」

「芙佐子さん、マコちゃんはなにをいっているんです？」

「私にも時々わからない動物の名前をいうことがありますの」

「立花君、わかったぞ。彼女は、数字を動物の名で覚えているのだ。タヌキとウサギの謎もこれだったのだ！」

二人は、三二五号室へ飛び込んだ。繁山の説明する事情に、美佐子はニッコリと笑った。

「さっき、おっしゃったタヌキとウサギは、そのことだったのですか。絵ではなく、数字だったのですね」

彼女は、軽く笑い声を洩したが、すぐ真剣な二人の顔を見て、頭をさげた。

「あの子は、玩具（おもちゃ）の電話が好きでして、しょっちゅう電話ごっこをしておりました」

「あの赤い電話ですね」

「そうでございます。あの電話には、1から0までの数字に対比して、ダイヤルに動物の顔のマンガが書いてあります。あの子は、動物好きですので、数字を動物の名で覚えてしまったのですわ。私も直そう直そうと思いながらつい、そのう……」

「で、1から0までの動物は？」

芙佐子とあとから病室に入ってきたマコが叫んだ。

「わたし、しってる——。ウサギさんでしょう。おサルさん、ゾウさん、ダチョウさん、キリンさん、ライオンさん、イヌさん、クマさん、キツネさん、そしてタヌキさん……そうでしょう、ママ」

「——と、すると、タヌキとウサギは、〝01〟」

「違います。マコちゃんは、タヌキさんとタヌキさん、それにウサギさん、といったのです。〝001〟——彼女が、空地で見た車の車体には〝001〟と書いてあったのですよ！」

立花は、自分の声に弾（はじ）かれたように立ち上った。

7

逮捕された船田初男は、最初の一晩ですっかり精神的に参った様子で、ヒステリー症状のなかで一切を自白した。

動機は、免許停止中に起した轢き逃げ事件を、ガソリン・スタンドにいた杉下に目撃されたと、誤認したためである。免停中の轢き逃げ事故――間違いなく実刑をくらうことになる。初男は、仲間の一人から西独のポルシェ935ターボを借りて徹夜で乗り回し、自宅の前まで来たところで、矢原美佐子の自転車にぶつけてしまった。動転した初男は、美佐子をそのままにして、仲間の家へ逃げ込んでしまった。

初男の逮捕後、交通課の努力で、ブルーのポルシェの持ち主が割れ、その日彼が運転していたことが裏付けられた。

初男は、いつスタンドにいた男に〝告発〟されるのか、それを思うと、夜もろくに寝られない日を続けた。彼は、ついにライトバンでスタンドへ行き、杉下に探りを入れた。犯行の前夜だった。杉下は、屈託なく応対した。最後に、毎度ありがとうございます、といった時、眼が笑った、と初男は述べている。その眼が初男にとっては、〝知っている〟と彼を脅迫しているように見えた。

――先制攻撃で、この男を消さなければ。

初男は、決意した。彼は、ハンドルを握ったまままある意図をもって、杉下と世間話をした。

住んでいる場所は、家族は、趣味は——。訊いてみて驚いた。自分が轢いた矢原美佐子の隣の部屋の男というではないか。奴は知っている——だから殺さねばならない。この図式が彼の頭のなかで増幅された。高校時代、野球をやっていたという杉下の話に、彼は食いついた。

「あす午後、部屋にいるかい」「野球の話をしにいってもいいかい」「手土産を持っていくよ」

初男の犯行は、黒い軌道に乗った。杉下とはこの日初めて顔を合せたのだ。杉下との接点は、このスタンドだけであり、誰も知らない。手土産に冷えたビールをさげていく。おい、ビール持って来たよ、冷たいうちにやろうぜ。おい、カップはどこだ。セン抜きは……。テーブルの上は、親しい友人が来て、杉下がビールを仕度したように見える筈だ。そして、隙をみて、後頭部を手近な凶器で一撃……。凶器、ドアの把手(とって)やビール瓶の指紋を拭うぐらいの知恵はあった。

世田谷荘の裏の空地で、遊んでいた女の子には気もとめなかった。その点を、捜査員に訊かれた時、船田初男は、口を尖(とが)らせた。

「だって、こんなちっこい子だぜ。確か、ままごとしていたな。玩具(おもちゃ)の電話で、ウサギだのタヌキだのといって。まるで〝カチカチ山〟だよな……」

猿かに合戦

都筑道夫

壱

「やつも、こだわっているんだ。さもなければ、おやじを殺すのに、よりによって柿田なんて野郎を、さしむけるはずはない」

と、可児才一郎は長椅子の上に、紋つきの羽織をぬぎすてた。栗山五郎は、その羽織をひきよせると、袖だたみしながら、洋間のなかを歩きまわっている可児にむかって、

「偶然ですよ。偶然です。そりゃあ、やつの先祖は猿かも知れません。でも、ボスの先祖が蟹だなんてことは、あるはずがないでしょう」

「蟹じゃない。可児才蔵だ。やつのほうは、いまでこそ猿富という姓になっているが、ほんとうは猿飛――猿飛佐助の子孫なんだ」

と、可児は顔をしかめた。栗山は目をまるくして、

「猿飛佐助って、あの忍術つかいの猿飛ですか。信じられませんね」

「やつは信じている。やつのおやじも、そのまたおやじも、信じていた。江戸時代に、豊臣方の勇士の苗字のままじゃあ、なにかとつごうが悪いというんで、猿富とかえたというんだ。

そういう事情だったんだから、猿飛にもどさしてくれって、やつのおやじは改姓の訴えを起したことがあるそうだよ。もちろん、許可にはならなかったがね」

と、嘲(あざけ)るようにいってから、可児は黒紋つきの胸をはって、

「そこへ行くと、こっちの家系は、はっきりしている。先祖は天下の豪傑、可児才蔵だ。関白秀次公の家臣で、槍の名手。のちに福島正則(ふくしままさのり)の家来になって、関ケ原の合戦に勇名をとどろかした。死んだのちも、墓の前をもの知らずの侍が、馬上のまま通りすぎようとすると、かならず落馬したというくらいのもんだ」

「へええ、そんな豪傑だったんですか」

「なんだ、そのいいかたは——おれのボディガードが、可児家の先祖より、猿飛佐助のほうが有名だ、とでもいいたいのか」

「とんでもない。申しわけありません。あたしは歴史が苦手なんです」

「やくざにも、教養が必要な時代だぞ。もっと勉強しろ。いいか、猿飛のほうは真田幸村(さなだゆきむら)につかえて、最後まで豊臣方、大坂城とともに滅んで、子孫は肩身をせまく生きた。おれの先祖は時代を見ぬく目があって、関ケ原では徳川方の福島家に移った。それが、やつにはおもしろくないんだ。可児組と猿富組が、昭和のはじめから、いがみあっているのは、縄張りあらそいなんて、けちなものじゃない。遠い遠い戦国の世からの因縁なのさ」

「それなら、わかりますよ。ですが、猿かに合戦へ話がとんでしまうってのは……」

「蟹さる合戦だ。あの仇討は、猿の悪事から、起っている。その悪役の猿を最初にもってき

て、猿かに合戦というのは、間違っている。猿のほうが、からだが大きくて、人間に似ているからだろう。これは差別だ。偏見だ。蟹さる合戦というべきだ」

「そうですかね。あたしは語呂が悪いせいだと思いますが——蟹さる合戦てのは、いいにくいですよ」

「いいにくくても、蟹さる合戦だ。おれの前では、猿かに合戦というな」

「わかりました。でも、蟹さる合戦にこだわることはないでしょう。猿富の野郎ぐらい、ボスがやれとおっしゃれば、あたしが一発で片づけますよ。やりそこなったりはしませんから」

「やりそこなってもらいたいんだ。お前には」

と、可児は意味ありげに微笑して、

「さっきもいったように、こだわっているのは、猿富のほうなんだから、そいつを無視しちゃあ、男がすたる。いいか、おやじは射たれたわけでも、刺されたわけでもない。公園を散歩しているときに、野球のボールが頭にあたって、死んだんだ」

可児才一郎は、まだ袴をはいたまま、長椅子に腰をおろした。頭蓋骨をくだかれて死んだ可児才吉の葬式を、昼間すましたあと、各地からあつまった組長や組長代理を接待して、可児興業の若社長は、疲れた顔をしていた。だが、目だけはぎらぎら光っていて、

「ボールを投げた柿田という男は、警察に出頭して、過失だったといっている。そのまま過失致死で通るかもしれないが、ご同業には通らない。柿田という若造は、猿富のところの幹

部の情婦の弟だ。高校の野球部で、天才投手といわれていたが、まわりの期待が大きすぎて、ノイローゼになって、だめになったというやつだそうだ」

「それは、あたしも聞いています。きょうお寺で、猿かに——蟹さる合戦のはじまりだなって、あたしに耳うちした親分がありましてね」

「そうだろう。だから、おやじの仇を討つには、ふつうの手段じゃいけない。栗と蜂と臼をつかって、猿をやっつけなけりゃいけないんだ。栗は、お前がいる。蜂と臼をそろえたら、猿富のやつを、あっといわしてやるからな。見ていろ」

言葉は威勢がよかったが、いいおわると、可児は大あくびをした。もう午前三時に近いから、無理もないといえば、無理もない。

弐

猿富組の組長、猿富佐は小柄なからだの背すじをのばして、天井をふりあおぐと、大声で笑った。びっくりして、用心棒の三好が、廊下をどたどた駈けてきた。

「どうしました、組長」

鴨居をくぐって、三好が大きなからだを座敷に入れると、猿富は大きな座卓の上の大きな箱をゆびさして、

「見てみろ、これを——可児が送ってよこしたんだ。ひと月の余にもなるのに、なんの反応もないから、鈍感なやつだと思っていたんだが、気がつくだけは気がついたらしい」

箱のなかには、甘栗がいっぱい、つやつやと甘栗いろにかがやいて、つまっていた。三好は坊主あたまの大きな顔に、小さな目をぱちくりさせて、

「甘栗ですね」

「ああ、甘栗だ。こっちが柿を投げつけたから、まず栗をよこしたのさ。爆発するんじゃないか、と思ったが、そこまで荒っぽいことは、出来なかったんだろうな」

「ただの甘栗ですか。おれ、甘栗は大好物なんです」

「わたしは嫌いだ。好きなら、食ってもいいが、気をつけろよ。毒が注射してあるかも知れないぞ」

「ほんとうですか、組長」

三好が甘栗みたいに目をまるくすると、猿富はまた大笑いをして、

「冗談だよ。安心しろ、ちゃんと可児の名前で、送ってきたんだ。こいつは、挑戦状みたいなものさ。毒なんぞ入っているはずはないから、食いたけりゃあ、持っていって食え。ただし、わたしが今夜、香港の梁山泊氏と食事をすることになっているのを、わすれるなよ。お前もいっしょに行くんだぞ」

「わかってますよ。晩めしが食えなくなるほど、食やあしません」

と、三好は苦笑したが、この男、けっきょく晩めしを食うことは出来なかった。箱のなかにひとつだけ、精巧に鉄でつくった甘栗がまぜてあって、それを三好は運わるく、三粒めに口に入れてしまったからだ。

前歯を三本、折ってしまった用心棒のかわりに、猿富佐は穴山（あなやま）という幹部をつれて、約束のレストランに出かけた。梁山泊は香港暗黒街の大物だから、待たしてはいけない。早目にゆくと、相手はまだ来ていなかった。

「やっぱり、小部屋のとれる料理屋にしたほうが、よかったんじゃありませんか、組長」

と、テーブルについてから、穴山が小声でいった。

「社長といえよ。梁さんのお気に入りの店なんだし、テーブルの間隔は離れているから、はたで商談を聞かれる心配もない。なにを気にしているんだ？」

猿富が聞きかえすと、穴山は遠くのテーブルに顎（あご）をしゃくって、

「あすこに、可児がきています。いっしょに、いるのは、栗山だ。あいつのハジキの腕は、跳ねた蚤（のみ）を落すそうですぜ。近ごろは蚤のいるうちが滅多にないから、腕を見せられないって、ぼやいているって話で」

「気にするな。蟹だって、いつも泡を吹いてばかりはいない。フランス料理も、食うだろう。栗山は油断できないが、こんなところでは、ぶっぱなしゃしない。だいいち、可児は名前にこだわっているから、わたしを栗山に殺させたりはしないよ」

と、猿富は自信ありげに、小さなからだの肩をゆすった。そこへ、長身の中国人が、若い女をつれて、ギャルソンにみちびかれてきた。梁山泊は頰のこけた顔に、目がきらきら光っていて、麻薬患者みたいな感じだったが、金のかかった服を見てもわかるように、射つほうではなくて、売るほうだった。

吟味したワインがぬかれて、食事がはじまった。梁山泊のつれの女が、達者な日本語で通訳をして、話もはずんだ。レストランはビルの十二階にあって、窓の外の夜景も、料理におとらず、すばらしかった。

穴山はときどき、気になるテーブルに目をやった。可児も、栗山も、ぜんぜんこちらを見ていない。胃袋をみたすことに、専念しているらしかった。それでも、油断は禁物だ。なんどめかに、穴山が視線を投げると、テーブルはからになっていた。

安心して、穴山は料理を味わいはじめた。背後に足音が聞えて、顔をあげた梁山泊が、怪訝(けげん)な表情を見せた。穴山はふりかえった。栗山が近づいてくるところだった。片手にバッグをさげている。バッグの口はひらいていて、栗山の右手がそのなかに入った。

銃だ、と思って、穴山は覚悟をきめた。三好ほどではないが、穴山も大男だ。小男の猿富は、まわりに大男ばかりをおいて、命令をくだすのが好きなのだった。

栗山の手が、拳銃(けんじゅう)をかまえた。妙な銃だった。どう見ても、おもちゃの銃だ。それも、ＳＦ劇画に出てくる熱線銃みたいなやつで、毒どくしい色あいのプラスティック製品だった。かえって不気味だったが、ここで楯(たて)にならなかったら、穴山は幹部ではいられなくなる。目をつぶって、穴山は猿富をかばった。その瞬間、栗山の拳銃から、液体がほとばしった。水鉄砲だったのだ。栗山は水鉄砲でも名手と見えて、銃口はななめ上をむいていた。ほとばしった液体は、穴山の頭上を越えて、猿富の右手にかかった。小男の口から、悲鳴があがった。

水鉄砲から放射されたのは、水ではなかった。熱湯だった。栗山は水鉄砲をバッグに投げこむと、身をひるがえして逃げだした。穴山は悲鳴を聞くと、目をひらいて、自分の無事を神に感謝してから、猿飛佐助の末裔（まつえい）にむきなおった。

「組長、いや、社長、大丈夫ですか」

「さわぐな。火傷（やけど）しただけだ。栗山を追っても、むだだ。それより、医者を呼んでくれ。右手だから、手あてだけはしておかなけりゃあ」

と、猿富は落着いていた。おどろいて飛んできた支配人が、穴山の肩越しにいった。

「ちょうど、ここの三階に、蜂矢（はちや）診療所というのがあって、外科もやっております。いまの時間はしまっておりますが、蜂矢先生のおすまいは、この裏手のマンションでございますから」

「蜂はいけない。その医者はだめだ。ほかに近所に医者はいないか」

と、穴山が首をふった。支配人が考えこむと、梁山泊のつれの女が立ちあがって、

「猿富さん、わたくし、手あてしてさしあげましょう。香港で、看護婦をしていたことがあります。やけどの応急処置ぐらい、ちゃんと出来ますから」

「そうですか。ありがたい。お願いします」

猿富が頭をさげると、女は支配人にむきなおって、

「油薬と繃帯（ほうたい）、ありませんか。なければ、料理につかうオイルと清潔な布を――水で洗って、油を塗るのです」

支配人はうなずいて、救急函をとりにいった。顔をしかめている猿富を、女は立ちあがらして、トイレットにつれていった。とちゅうで、支配人から救急函をうけとって、女はトイレットのドアをあけた。

「すこし痛いかも知れませんよ、猿富さん」

水の蛇口をいっぱいにひねりながら、女がいうと、猿富は苦笑して、

「我慢しますよ、このくらいの怪我」

「でも、さっきの男、なんだってあんな真似をしたんでしょう」

「わかりませんな。ジョークのつもりだったのか、とにかく妙なやつが多いから――ああっ」

手首に水をかけられて、猿富は呻いた。女はてきぱきと手あてをしながら、

「あのひと、栗山というんですね」

「よくご存知で」

「穴山さんがいってました。可児さんのところのひとで、拳銃の名手とか」

「水鉄砲もうまいらしい」

「だから、蜂矢というドクターを嫌がったんですね」

「なんのことです？」

「あなたが猿で、蟹のところの栗に、火傷をさせられたんですから、蜂をいやがったんでしょう」

「こりゃあ、おどろいた。猿かに合戦を知っているんですか」

猿富が目をまるくすると、繃帯を巻きおわった女は、にこりとして、

「実はわたくし、日本人なんです。梁山泊のところにいるので、みなさん、わたくしを中国人とお思いですが、ほんとうは蜂須(はちす)といいまして——」

シャツの袖を、二の腕までまくりあげていた猿富は、ぎょっとしたように、女を見つめた。腕にちくりと、注射針の痛みを感じると同時に、頭がくらくらした。からだに力が入らなかった。それでも、猿富は便所のドアがあいて、大きな男が出てくるのに、気づいていた。

参

レストランのあるビルディングは大きく、したがって地下の駐車場も大きかった。その駐車場のすみの車のなかで、可児才一郎は腕時計を見つめていた。

「もうそろそろ来るころだぞ」

「うまく行ったでしょうか」

と、栗山が眉をひそめた。にやりと可児は笑って、

「わざと用心させたところが、みそなんだ。うまく行ったさ」

「しかし、あたしは恥ずかしかった。アタッシェケースにライフルを隠して、というんならいいが、ビニールバッグに水鉄砲と魔法壜を隠して、というんじゃねえ。穴山にあの姿を見られたと思うと、今夜は眠れません。穴山ってやつは、お喋りだそうだから」

「三好清海入道がいて、あすこで取っつかまるよりは、よかったろう。あいつが来なかったことでも、おれが読んだ通りになっているのは、わかるはずだ」

と、可児は得意げだった。栗山もにやりとして、

「鉄の甘栗は、どんな味がしましたかね。ただの猿かに合戦じゃあ——」

「栗山！」

「すみません。蟹さる合戦でした。ただの蟹さる合戦じゃない。梁さんにかげから働きかけて、麻薬のルートまで横どりすることになっている、とわかったら、猿富のやつ、どんな顔をしますかね」

「すぐにわかるさ。ほら、来たぞ」

可児はドアをあけて、車のそとに出た。

「栗山、お前はここにいて、万一にそなえてくれ」

「わかりました」

ベルトにさした拳銃を、手でさわって確かめながら、栗山はうなずいた。プラスティック製の水鉄砲ではない。本物の拳銃みたいな本物の拳銃で、ひとを殺すこともできる弾丸が、ちゃんと銃口から飛びだすやつだ。その感触が、栗山を落着かした。

非常口のドアがあいて、大きな男が出てきた。小男とはいっても、成人の人間ひとりを肩にかついで、十二階から非常階段をおりてきたので、大男の顔は汗に光っていた。大男の肩で、小男の猿富は、ぐったりしていた。

可児は大股に、駐車場のまんなかに歩みでた。大男はきょろきょろしていたが、可児に気づくと、ほっとしたように、肩の猿富をおろした。猿富を可児のほうにむけて、うしろから抱きかかえて立たせると、大男は喉のつぶれた声でいった。

「つれてきましたぜ、旦那」

「ご苦労、うまく行ったらしいな」

と、うなずいてから、可児は手をさしのべて、猿富の顎を持ちあげた。猿富は目をあけたが、どんより曇って、焦点がさだまらないようだった。

「猿富、ざまはないな。薬をかげんしておいたから、目は見えるだろう。耳も聞えるだろう」

と、可児は嘲笑って、

「いいところで、梁さんと食事をしてくれたよ。蜂矢という医者がいたんで、こいつはうまく行くと思った。むろん、あんたがおれを馬鹿にして、平気で蜂矢を呼ぶ場合も、考えておいたがね」

猿富は顔をしかめて、口をひらいた。けれど、喉から声は出てこなかった。可児は肩をすくめて、

「その大男のことか。あんたは大きなやつが好きで、相撲をひいきにしたりもしていたろう。そいつは、もと相撲とりだよ。酒ぐせが悪くて、傷害事件を起してな。土俵で目立たないうちに、やめてしまったから、あんたは知らないかも知れない」

猿富がかすかに呻いた。可児は声が聞えたみたいに、にっこりうなずいて、

「名前が気になるかね。名は体をあらわさないで、小島小助というんだ。それじゃ、蟹さる合戦にならない、というのか。心配はご無用だよ。ちゃんとなっている。相撲のころの名前が、大臼というんでね」

猿富がまた呻いた。

「どうする気か、というのか。きまっているじゃないか」

と、可児は表情をゆがめながら、

「おれはそんなひどいことはしたくないんだが、そっちがこだわっているから、しかたがない。蟹さる合戦にのっとって、あんたは大臼に押しつぶされて、死ぬんだよ」

「そろそろ、やりますか」

と、大男がいった。可児はうなずいて、

「やってもいいが、その前に最後の願いを聞いてやろう。おい、猿富、死ぬまえにいいたいことがあれば、いってみろ。だが、口がきけないから、無理だな。タバコでも、吸わしてやろうか」

猿富は首をふって、繃帯をした手を、かすかに動かした。

「こいつ、ポケットになにか、紙きれみたいなものを、入れてますぜ。それを出してくれってんじゃあ、ありませんかね」

と、大男の小島小助がいった。

「出してみろ」

可児が顎をしゃくると、小島小助の大臼はうなずいて、猿富のからだを床に横たえた。ポケットから、畳んだ紙きれをひっぱりだして、

「一と書いてあります」

「ひろげて見せろ」

新聞紙一ページぐらいの紙で、マジックインクの文字がならんでいた。

「私が猿飛佐助の末裔だということを、わすれてはいけない。このことをいいたいときには、私はたぶん口のきけない状態になっているだろうから、あらかじめ、これを書いておく」

と、読みやすい字で書いてあった。その紙きれを床に落すと、大臼はもう一枚、猿富のポケットから取りだして、ひろげて見せた。それには、

「つまり、忍者の末裔なのだ。ひとすじ縄でゆくと思ったら、大間違い」

と、書いてあった。それを棄てると、大臼はもう一枚、紙をひろげた。

「命に別条ないところまで、貴様のすじがきに乗ってやるが、最後はそうは行かないよ」

タイヤの軋る音がして、車が一台、駐車場の入口の傾斜を、走りおりてきた。可児は油断なく、自分の車のほうへ戻りかけた。車は駐車場のなかを半回転して、うしろむきにとまった。ドアがあいて、穴山が顔を出した。大臼は猿富のからだを抱えあげると、その車のなかに入れながら、

「最後はおれの口から、いうように命令されています。大臼はちゃんと、猿飛佐助の末孫が、

買収しておいた。お前の味方じゃない。こういえといわれたんです。すんません。栗山さんに頼まれたあとで、こっちの親分から話があって、莫大なお金をもらったもんで」

「畜生」

可児はどなったが、穴山がこちらに拳銃をむけているので、動けなかった。大臼は車にのりこもうとして、もたついていた。車にくらべて、からだが大きすぎるのだ。

「組長、どいてください」

栗山の声がした。可児がしゃがむと、銃声がひびいて、銃弾が頭上を越えていった。大臼が悲鳴をあげて、ひっくりかえった。穴山はハンドルをさばいて、車を入口の傾斜にむけた。栗山はスタートさせたが、ころがっている大臼が邪魔で、まっすぐ先行の車を追えなかった。可児は走って、猿富の車を追いかけた。

「卑怯（ひきょう）だぞ、猿富。これじゃ、猿かに——いや、蟹さる合戦にならないじゃないか」

「ボス、どいてくれ。猿富の車をとめてみせる」

と、栗山はどなって、車から飛び出した。可児に追いつくと、栗山は両手で拳銃をかまえた。だが、入口の傾斜の上に、穴山の運転する車は、もう見あたらない。一台のトラックの後尾が見えた。

トラックの荷台があがって、そこから巨大な白いものが、ころがり落ちた。その白いまんまるな塊りは、すさまじい勢いで、傾斜をころがり落ちてきた。

「握りめしだ！」

と、可児は叫んで、飛びのこうとした。だが、白くかがやき、まだ炊いて間のない熱気を発散している米のめしの塊りは、傾斜をふさがんばかりの大きさで、眼前に迫っていた。栗山が悲鳴をあげて、逃げようとした。その上に、巨大な握りめしがおおいかぶさった。

「なんて野郎だ、猿――」

可児の無念の声は、熱い飯にふさがれた。ねばりつく米のめしが、可児の目をおおい、鼻をおおい、口のなかに入りこんで、息をとめた。

死

「ことの起りの握りめしを、蟹に返してやったのさ」

と、猿富佐は楽しげに、ベッドのなかでいった。右手には繃帯が白いが、薬はさめて、声も元気そうだった。

「用意しておいた紙きれの文句を、読んだときの可児の顔といったら、なかったぞ。お前にも、見せたかったよ」

「でも、どうやって、そんな大きなお握りをつくったの。雪だるまをつくるみたいに、大勢でご飯のかたまりを、ころがしたのかしらね」

と、くすくす笑いながら、女が聞いた。女は猿富の情婦で、まだ若かったが、大きなからだをしていた。猿富の好みは、女にまで徹底しているわけだが、大きいといっても腰はくびれて、ネグリジェに透けて見える肌のつやは、かがやくばかりの色っぽさだ。

「どうやってつくったか、わたしは知らないよ。金の力が、つくったのさ。金をつかいさえすれば、たいがいのことが出来るもんだ」

と、猿富は笑った。女はネグリジェ一枚の裸身で、ベッドのはしに腰をおろすと、タバコに火をつけて、猿富に吸わせてやった。ベッドが軋んでさかりのついた猫の声みたいな音を立てた。

「それだけのお金で、あたしになにか買ってくれればいいのに――どうして、あんたもむこうも、猿かに合戦にこだわるのよ」

「わたしが猿飛佐助の子孫で、むこうが可児才蔵の子孫だからさ。大昔から、敵味方なんだ」

「だからって、なにもいまさら、猿かに合戦をやらなくっても――」

「ふつうに喧嘩をして、相手をぶっつぶしたんじゃあ、縄張りがこっちの手に入らない。ほかの親分衆が入ってきて、仲裁するのなんのかのってことになる。あっちの顔を立て、こっちの顔を立て、けっきょくなにも残らないということにも、なりかねないんだ」

「やくざの社会って、うるさいのね」

「だから、猿かに合戦だ。これなら、縄張りあらそいじゃあない。わかるか。この違いが」

と、猿富は大笑いしてから、左手で女の腕をつかんで、

「そんな話より、早くここへ入れよ」

「大丈夫？　まだ薬がきいているんじゃないの。右手だって、痛いでしょうに」

「心配ないさ。もう元気だよ、どこもかしこも」

と、猿富は女の手を、毛布のなかにひきこみながら、

「どうだ。元気だろう。右手がつかえなくって、お前はものたりないかも知れないがね」

「助かるわよ。パパったら、しつっこいんだもの。ずっと半病人でいてもらいたいくらいだわ」

と、女は笑って、立ちあがった。頭からネグリジェをぬぎすてると、地球儀と天体儀をならべたような乳房を、ゆさゆさとふるわしながら、ベッドにあがった。猿富は左手をのばして、片方の乳房を持ちあげながら、

「わたしが半病人でいたら、一週間で浮気がしたくなるくせに、すましたことをいうな。しかし、まあ、今夜はたしかに疲れている。いたわってくれよ」

「いたわってあげるわ。あたしが上になったほうが、いいでしょう？」

やさしい声でいって、女は大きな白いからだを、小男の上に重ねた。

「思いどおりに可児組をつぶせたんだから、すこし気前よくなってくれるといいんだけれど、だめそうね。可児さんが死んじまったとすると、あたし、約束をまもらなくてもいいんだけど、もうお金をもらっちゃってるから……」

「なにをぶつぶついっているんだ」

猿富の声は、巨大な乳房の下で、くぐもって聞えた。

「ねえ、パパ、あたしに結婚の経験があること、前に打ちあけたわね。ちゃんと籍を入れて、

相手の苗字をつかっていたのよ。その苗字、まだ聞かしていなかったんじゃないかしら」

といいながら、女は大きなからだを動かした。猿富の小さなからだが、その下でもがいた。

「臼井というのよ、パパ。忍者の末裔なんていって、得意になっていたくせに、くノ一というのがあるのをわすれたのは、パパ、ちょっと迂闊だったわよ」

怨念の宿

舌切り雀の鋏

戸川昌子

1

瀬尾はハンドルを握りしめながら、今しがた降り出したばかりの雨滴で視界の悪くなったフロントガラスをじっと見つめていた。

助手台に坐っている野田厚子に誘いをかける、これが最初のチャンスだった。それには言葉を慎重に択ばなければならない。ほかの女とちがって、一度断わられたら、同僚の野田をホテルへ連れこむことはひどく難しく思えた。

「野田先生、この先に舌切り雀のお宿があるんですよ」

瀬尾は、つとめて静かに話しはじめた。野田厚子は、この辺の事情に疎いはずであった。

「舌切り雀のお宿って……本当に舌切り雀のお宿があるんですの」

野田厚子の声が弾んできた。大学を出て、今年、瀬尾のいる小学校に赴任してきた厚子は、あらゆる点で新鮮だった。生徒を教える姿勢も、同僚に対する態度もすべてが意欲的で、目がきらきらと輝いているのだ。

「そりゃ、舌切り雀は日本伝来のお伽話ですけれどね……その発祥の地と称するところが全国に何箇所かあるんですよ。この先のA温泉も、舌切り雀発祥の本家として知られています。昔は鬱蒼（うっそう）とした竹藪（たけやぶ）に囲まれていましたけれど、最近はどうですかね……」

「先生は、いらっしゃったことがあるの」

「ええ、あります」

瀬尾は、舌切り雀の宿に泊った時のことを言いかけて、ふっと口をつぐんだ。言葉の内容が厚子に与える影響をおそれたのだった。

今は、未婚の、それもまだ男の肌を知らない新任の同僚教師を誘惑する一番大切な瞬間だった。

瀬尾は、獲物にとびかかる前の狡猾（こうかつ）な狐（きつね）のように用心深く、慎重に、そのくせ一瞬のすきも見逃すまいとして、身をかがめているのだ。

「面白いところなのかしら」

野田厚子は心の底の不安を、わざと陽気な口調で押しかくしていた。

獲物は本能的に、瀬尾の投げかけている餌（えさ）の針に気づいているのだった。

「そう、舌切り雀の伝承を描いた室町時代のものと称する絵巻のようなものがあります。童話だと断っておきながら、舌切り雀のお婆（ばあ）さんがかついだつづらや、舌を切られた鋏（はさみ）まであるんですよ。明治時代から展示してあるやつで、つづらはそれこそぼろぼろだし、舌切り雀の鋏ときたら、見事に錆（さ）びているんです。それが大きな鋏でしてね……見ているうちに本物のような錯覚を起こしてくるから傑作なんです。そうだ、野田先生は今、生徒たちの図画の時間にお伽話シリーズというのですか、好きなお伽話を択ばせて絵に描(か)かせているでしょう。あれの参考になるのじゃないかな……いま子供たちは、どんなお伽話をよろこぶんですか」

「男の子は、やっぱり桃太郎か花咲か爺(じい)さんでしたわ……でも、桃太郎のお供に怪獣がついてくるんですよ。男の子は明るい話が好きなんですね。桃がどんぶりこ、どんぶりこ流れてきたり……枯木に花がパッと咲いたり……女の子は、カチカチ山の話が好きなようですわ」

「そうでしょう。女の子は残酷なんですよ。カチカチ山の話なんて残酷そのものです。タヌキ汁にしたり、背中に火をつけたりですからね……舌切り雀だってそうでしょう。舌を切っちゃうんですからね……舌切り雀を択んだ子供はいましたか」

「それが、どういうわけか少なかったんです……男の子が一人だけでしたわ」

野田厚子の声が小さくなった。

「参考になりますよ。童話がどういうふうに大人たちにも受け取られているか……ほら、古い童話集の中から白い手がのびてくるって……クラシックの歌曲に有名な歌詞があるじゃありませんか。舌切り雀のお宿に行けば、きっと白い手が野田先生にものびてきますよ」

瀬尾は、最近テレビで見たばかりのクラシックの歌曲の受け売りをした。後輩の若い背伸びをしている女性教師には、こういう受け売りの言葉が一番効果があった。野田厚子が尊敬の眼差(まなざ)しで自分を見つめているのが、瀬尾にははっきりとわかった。

「瀬尾先生、あたくし舌切り雀のお宿をぜひ見てみたいわ」

「舌切り雀に関する資料だけじゃないんです。なんでも、そこの旅館の主人の伯父とかが、大平幸次という詩人でしてね……彼の遺稿などが展示してあるんですよ。ぼくにも、とても興味のあるところなんです」

瀬尾は、自分が国語の教師で、今なお文学上の野心を心に秘めている人間らしく喋っていた。

「先生、もう一つだけ聞かせて……先生は、その舌切り雀のお宿には誰方といらしたの。女の方……それともひとりで詩人の遺稿を調べにいらっしゃったの」

瀬尾は大きく息を吸い込んだ。この質問には、慎重な答えが必要だった。

「家内と一緒ですよ……新婚旅行でこの宿に来たんです」

瀬尾は、感情を押し殺したように言った。

新婚旅行という言葉が、助手台の若い女教師にどういう影響を与えるのか、彼にはよくわかっていた。野田厚子は、運転をしている瀬尾の腕に頬を寄せるようにしてきた。

「先生は……奥様を愛していらっしゃらないの」

「家内には組合運動がすべてなんです。食事もつくらない……家庭をかえりみない……ぼくらは、もう二年以上も寝室を別にしていますよ……」

瀬尾は吐き出すように言い、その言葉が効果的に車の中にひろがってゆくのを感じていた。

2

瀬尾は宿帳に、自分の本名と、妻・厚子・二十三歳と書いた。

同僚の女教師は、瀬尾が妻と書いたのを見てもなにも言わなかった。それで、二人のあいだですべての了解が成り立ったようだった。

瀬尾は野田厚子の肩をかかえるようにして、紅色に塗った渡り廊下を渡った。

欄干のついた小さな太鼓橋を渡ると、両側が展示館になった。

宿に由来の、室町時代と称する舌切り雀伝説の絵巻と、欲張り婆さんの背負ったつづらや、大きな糸切り鋏が飾ってあった。どれも明治の頃からのもので、時間の経過が適当にしみこんでいた。

「瀬尾先生、お伽話なのに、舌切り雀のつづらや鋏が、れいれいしく飾ってあるのが面白いわ。でも、見ているうちに本物のような気がしてくるから不思議ですわ」

厚子が愉しそうに喋っている。新婚旅行では、瀬尾の妻も同じように浮き浮きと喋っていたのだ。

先に立って瀬尾たちを部屋に案内している番頭は、身長が、平均的な大人の肩ほどもなかった。

宿のしるし半纏をつけて、ときどき瀬尾たちにうさんくさそうな視線を向けた。宿帳に書いたような夫婦ではないと、見破っている顔であった。

「わざと、あんな番頭さんを使っているのかしら……」

「いや、そんなことはないでしょう。人間は、つづらや鋏とちがいますからね……勝手につくるわけにはいかないんだ」

瀬尾は、なんとなく苦々しい思いを口にした。

「瀬尾先生は、お伽話よりも詩人の遺稿のほうに興味がおありなのね」

「そうなんです……ずっと気にかかっていることがあったんですよ」

瀬尾は、きゅうに真剣な表情になって、展示ケースのガラスの向うの古い原稿用紙を眺めた。

詩人の大平幸次の遺稿が飾ってあった。

瀬尾はしばらく息をのむようにして、その原稿を眺めていた。

〝カーテンの上を
駆けてゆく
霊のあしおと
それをすぐに
つかまえてください
あのひとが
私にのこした
うさぎのあとあしなのです〟

「どうかしまして？」

厚子が、瀬尾の顔をいぶかしそうに覗(のぞ)きこんだ。

「やっぱり似ている……いや、そっくりだ……」

「なにがそっくりなんですの」

「この詩ですよ。先週、ぼくのクラスの子に詩を作らせたとき……この詩とほとんど同じ詩を書いた生徒がいるんです」

「誰なんですの」

「六年二組の北原康男ですよ。まえから作文は上手だったけれど……あの詩はどこかで見たことがあるような気がしていた……でも、この旅館に飾ってある大平幸次の遺稿と同じものだとは、気がつかなかった……」

「北原くんが盗作をしたというんですの」

「そうとはかぎらない……偶然の一致ということもある。子供の場合は、盗作というよりも真似なんだ……いいものの真似をすることは一向にかまわない……でも教師が、本人の書いたものだと思って賞めすぎたりすると、悪い結果を生むことがある。賞められようとして、また他人のものを盗むことになりかねない……」

瀬尾は旅館の新館の二階に入ると、きゅうに疲労を覚えた。旅館は、瀬尾が新婚旅行に来た当時とはまるで変っていた。瀬尾たちの部屋も、新しい鉄筋の建物に変っていた。

「昔は、この辺は鬱蒼とした竹藪だったのだ……本当に、舌切り雀のお婆さんが出て来そうな宿だったよ」

「何年くらい前のことなんですの？　その頃は奥さまを愛していらっしゃったんでしょう」

厚子が女らしい仕科を見せながら、宿の浴衣に着替えはじめた。

瀬尾は別々に風呂に入ったあと、冷蔵庫のビールを出して、ひとりで飲みはじめた。

同僚の教師を誘惑しようと思って舌切り雀の宿に来たのに、展示ケースの中の詩人の遺稿を見てから、なにかリズムがひとつ狂いはじめているようだった。

担任のクラスの北原康男の作った詩が、どうにも気になりはじめているのだった。

それとも大平幸次の詩の遺稿が潜在意識にあったから、同僚の女教師を誘って、この雀のお宿までドライブに来たのだろうか。

瀬尾が考えていると、厚子が湯上りの浴衣姿で、顔を上気させて入って来た。

瀬尾の前のビールのコップを手にとると、自分も一口にそれをあけてしまった。

「瀬尾先生……あたし勇気を出そうとしているんですのよ……」

「きみは、まだ男と性体験を持ったことがないのかい」

「そんなこと、お返事出来ませんわ……ただ、やっぱり先生の奥さまのことが気になるんです。とても気になるんですの……お風呂に入っているあいだも、ずっと気になっていましたわ……」

「気にすることはないじゃないか。あの女とは、もう他人なんだ」

瀬尾は強い口調で言うと、立っている厚子の腿のあたりを強く抱きしめるようにした。そのまま蒲団の上に押し倒すと、あらあらしく唇を塞いだ。

なにか怒りのようなものが、からだ中を駆けめぐっていた。

瀬尾の接吻だけで、厚子が激しく興奮しているのがわかった。

瀬尾は、女の浴衣の胸もとを大きくあけて、長いこと乳房を吸った。こういうふうに激情的に女のからだを求めるのは、久しくないことだった。

瀬尾が腿をこじあけるようにして、指を沈めようとすると、厚子は激しく抵抗した。けれども彼女の若々しいからだは充分すぎるほど潤っていて、瀬尾の指はなんの抵抗もなく滑っていった。

「先生、やめてください、誰かが……」

瀬尾が相手のからだをおさえこむようにしたとき、厚子が悲鳴のような声をあげた。

瀬尾は、あらためて、厚子の顔をのぞきこんだ。

「どうしたのだ」

「誰か、窓かけの上から覗いていますわ……きっと先生の奥さまだわ……」

「馬鹿なことを言うんじゃない」

瀬尾は憤然として、窓のほうを振りかえった。

厚子が顎で示している窓かけの上には、なんの影もなかった。

虫よけの青い外灯の光が、窓かけの上から滲んでいるだけだった。

「ほら、誰もいないじゃないか。ここは二階だよ。誰も覗けるわけがないんだ」

「いいえ、あたし、はっきりと見ましたわ、……大きな目が二つ光っていたんです……人間の目ですわ……間違いありません、奥さまの目よ」

厚子は怯えて、うわごとのように繰りかえしていた。

瀬尾はなぜか馬鹿馬鹿しく、しらけた気持になっていた。ある意味では、妻の念力がここまで通じているのだとも思った。

瀬尾は力なく、厚子の腿の内から指をはなした。

「ごめんなさい……あたし、神経がやられているんですわ……」

「いや、ぼくのほうが間違っていた。新婚旅行に来た旅館に、きみを連れてきたことが間違っていたんだ」

「いいえ、あたしが悪いんです……でも、この次にしてください、今日はこのまま帰らせてください」

厚子がしきりと詫(わ)びるのを聞きながら瀬尾は天井を向いて、目を閉じた。

厚子と結ばれるチャンスが永久に遠のくのを感じていた。

「先生、舌切り雀のお話を絵に描いた子は、さっき仰有(おっしゃ)っていた北原康男くんなんです。あの子、きっと、ここに泊ったことがあるんですわ」

厚子が洋服に着替えながら、ふっと思いついたように言った。

3

瀬尾は、北原康男の家を訪れた。彼が生徒の家を訪れることはめったになかった。瀬尾は、生徒と自分のあいだにいつも距離を置こうとしていた。

北原康男の家庭を訪問したのは、生徒の盗作の謎を解きたいという強い意欲があったからだった。

瀬尾は、康男の家庭を訪問する前に、一応の家庭環境を調べていた。康男は片親だった。母の手一つで育てられていて、ほかに兄弟もなかった。母親は、康男の教育にあまり熱心ではない様子だった。

瀬尾がそれまでに康男の母親を見たのは一度きりだった。一度だけ、ＰＴＡの会合に康男の母親が顔を出したのだった。

三十過ぎのまだ若い母親で、緑色のスーツを着て、大きな特徴のある目でじっと瀬尾の顔を見たのが印象に残っていた。どちらかというと、瀬尾を息子の教師として瀬踏みするよりも、異性として推しはかっているようなところがあった。

瀬尾は生徒の母親に好色めいた気持を持った自分を強く制した。彼は無表情に、生徒の康男が字をよく覚えるのはよいが、ところかまわず落書きをする傾向があると苦情めいたことを喋った。

あの女は、夫と別れたあと、息子と二人でどんな暮しをしているのだろうか……男はいないのだろうか……。

瀬尾は康男の家に向いながら、そんなことを考えていた。

康男の家は、最近建った大きなマンションのあいだにはさまれていた。昔風のしもたやが十軒ほど、ビルの谷間に押しやられているといった感じなのである。二、三軒、木造アパートになっていたが、康男の家は古びた二階家だった。

北原の表札のほかに、間借り人の色の変った名刺が玄関口に貼ってあった。

康男の母親は、いつかＰＴＡに着てきたのと同じ緑色のスーツを着て、瀬尾を迎えに出た。

息子の教師と会う時はこの洋服と決めているようなところがあった。

「先程のお電話では、ちょっとお話し出来ないことだったものですから……」

瀬尾は玄関のたたきで靴を脱ぎながら言った。

「息子がなにかしましたでしょうか」

康男の母親の声は、不安で微かに震えていた。

「いや、それほどたいしたことではないのです。康男くんはなかなか国語や図画の得意な子供でしてね……詩を作ったり、空想的な絵を描いたりするのが上手です。なかなか想像力があるんですよ。ぼくは国語を教えていますので、とくに康男くんに興味があります。実は……最近、康男くんが作文の時間にこんな詩を書いたのですがね……」

瀬尾は、康男の母親を一応、安心させてから本題に入った。彼はすべてをさりげなく質問するつもりであった。

〝カーテンの上を
駆けてゆく
霊のあしおと
それをすぐに
つかまえてください

あのひとが
　ぼくにのこした
　　うさぎのあとあしなのです〃
瀬尾は鞄の中から康男の書いた詩の作文用紙を取り出した。一度、大きな声で朗読してから、康男の母親に渡した。
康男の母親は無感動に、息子の文字を眺めていた。
「妙な詩ですね……この詩のどこがいいのでしょう。息子がこんな詩を書いているなんて知りませんでしたわ。あたしは、あの子がもっと悪いことをしたのかと思って……」
「その詩はなかなか立派な詩です。でも、康男くんが本当に自分で書いたものかどうか……そこのところが難しいのです……それとよく似た詩が、有名な詩人の詩にあるのですよ。ほとんどそっくりです。私にのこした……のところが〃ぼくに〃となっているだけの違いです」
「それじゃ盗作じゃありませんか。あの子は、どうしても自分が書いたと言っているのですか」
「ええ、本人はそう言っています。でも、ぼくの立場からは絶対に真似だとは極めつけられないのです。康男くんには詩を作る才能というか……とても美しい繊細な感受性がありますからね」
「余計なことですわ。あの子が、どこでその詩を見つけたのか、あたしがお尻を叩いても白状させます。本当にどうも申し訳ありません」

康男の母親は、哀れみを乞うような表情を瀬尾に向けた。

「そうじゃないんです。康男くんを責めないでください。もしかしたら……本当に彼が書いた詩かもしれないのです。百万分の一の確率で、彼が書いた詩と……今から六十年も前に他の人が書いた詩とぴったりと一致することだってあるのです。この詩は大平幸次という詩人が書いたものです。大平幸次という詩人をご存知ですか」

瀬尾はしっかりと、康男の母親の目を覗きこんだ。

母親の目には、瀬尾が最初に詩を読みあげた時と同じように、なんの表情も現われなかった。

「そんな詩人の名前は知りません……あたしはあまり本を読まないのです……」

「お宅に大平幸次の詩集はありませんね」

康男の母親がきゅうに大きな声で笑いはじめた。

「あたしも、あの子の父親も、本なんて読んだことがないんです。まして詩集なんて……あの子の部屋には、飛行機の模型があるだけですよ。あの子は飛行機が好きなんです」

「それでは最近、康男くんを連れてA温泉に行かれましたか。そのA温泉に、大平幸次のこの詩が飾ってあるんですよ」

康男の母親の表情に、かすかな変化が見られた。

それは水の底から浮かびあがってくる小さな泡粒の波紋のようなものであった。康男の母親が大きく首を振った。

「子供を連れて温泉に行ったことなんてありませんよ。母子二人が生きてゆくだけで精一杯で、それどころじゃないんですから……でも、どうしてそんなことをお聞きになるんです」

「いや、大平幸次というのは優れた詩人ですけれど、それほど有名ではありません。知らない人のほうが多いでしょう」

瀬尾が大平幸次の詩を口ずさんだが、康男の母親は相変らず無表情だった。すぐに苛立(いらだ)った声で質問してきた。

「A温泉と息子の作った詩と、どんな関係があるんです」

「A温泉の主人の伯父が大平幸次だったんです。A温泉の主人は、旅館の中に大平幸次の詩の原稿を飾っています。玄関から渡り廊下を通って行くところに、大正時代に書かれた生(なま)原稿を展示してあるのです。そこは子供でもよく読める場所なんです。もしかして康男くんがこの旅館に泊って、この詩を読んだのではないだろうか……もちろん、それは最近のことでなくてもかまわないのです……四、五年前でもかまわない……誰かが康男くんに読んで聞かせてやったのでもよいのです。彼の記憶に残っていれば、それがひょいとした機会に……無意識のうちに浮かびあがってくるということも考えられます。そうすれば盗作とはいえません。ぼくは昔、小学生の時にマチスの絵をそのまま真似して描いたことがあるんです。なにか瓶のようなものでしたが……すると図画の教師がそれを見て笑いながら言いました。きみはマチスが好きなんだね、最初はその通り真似をして描いてもいいんだよって……ぼくも康男くんに同じことを言ったんです」

「あの子はA温泉なんかに行っていません。あたしだって、そんなところへ行ったこともありません。変な言いがかりをつけるのはやめてください。いくら先生でも、ひどいじゃありませんか」

康男の母親が、きゅうにヒステリックな声をあげて、瀬尾に攻撃的な視線を向けてきた。

それは瀬尾の予想しなかった反応だった。なにもなければ、人間はこんなふうに怒るはずがないと瀬尾に思わせる、突然の怒り方だった。

4

瀬尾は、康男の部屋に入った。康男の母親の民江は、あきらかに感情を害しているようであった。

「さあ、いくらでもこの子の部屋を調べてください。そんな詩人の本なんてありゃしませんよ。そりゃ、あの子はひねくれているところがあります……でも、みんなあたしのせいなんです……主人があたしを嫌って家出をしたばかりに、こんな暗い家庭になってしまったんです。もとはといえば、あたしが悪かったんですけれど……」

民江がそう言うと、畳の上に両手を突いてワッと泣きはじめた。瀬尾の予期せぬ出来事だった。

彼には、民江がなぜこんなにも感情を昂ぶらせるのかわからなかった。

夫に出ていかれたあとの数年のわだかまりが一度に噴き出した感じだった。

「お母さん、心配なさらなくても、子供はちゃんと育ってゆきますよ。ぼくはただ……あの子の才能をのばしてやろうと、それだけを考えているんです」

「先生、あたしはそんなに悪い女でしょうか」

民江がふいに瀬尾のほうへにじり寄ってきた。瀬尾の膝に両手をかけると、訴えかけるように瀬尾の目を覗きこんだ。

「ぼくにはそんなふうに見えません……いいお母さんだと思いますよ」

瀬尾は気弱に口籠(くちごも)った。

「違うんです……母親としてではなく、女として魅力があるでしょうか。あたしは主人に逃げられたんです……なにもかも放り出されて、置いてゆかれたんです……」

民江は泣きじゃくると、あとは言葉にならなかった。瀬尾の膝の上に顔をこすりつけるようにして、泣いていた。

女の生暖い涙が、ズボンの布地を通して瀬尾の腿に感じられた。彼は最悪のケースになったと思った。生徒の母親とこういう関係になることは、一番避けなければならなかった。

「先生、あたしのことをそんなに悪い女じゃないって言ってください……お願いですから、頭を撫(な)でてやってください」

民江が瀬尾の手をとると、自分の柔らかな髪をさするようにさせた。

民江の髪は柔らかく、よく手入れされていた。

瀬尾は生徒の母親の髪から、甘い女の香りを嗅いだ。

瀬尾はいつのまにか、民江の背中を軽く撫でていた。ずっと夫に置き去りにされている女性の、せめて肩や背中をさすることは教師として背徳行為にならないだろうと思っていたのだ。

民江は、ずっと瀬尾の膝のあいだに顔を埋めたままだった。

瀬尾は、ふと、ズボンのジッパーのあいだに女の指が動くのを感じた。そして、まさか、そんなことはあり得ないと思っていた。

彼は部屋の窓のあたりを眺めた。ブルーのレースのカーテンがおりていた。

康男はあのカーテンを見て、〝霊のあしおと〟をつかまえてください……と書いたのだろうか。

霊のあしおとをつかまえるというのは、なんという素晴しい言葉のイメージなのだろうか。子供だから出来るのだ。大平幸次の詩とは違うのだ。

偶然の一致なのだ。天才のイメージと子供の豊かな感受性とが、百万分の一の確率で重なったのだ……。

瀬尾はまた、ズボンのジッパーのあいだに女の指を感じた。今度は間違いなく、瀬尾のセックスをさぐっていた。

信じられないことだった。瀬尾は立ちあがろうとした。けれども動けなかった。

こんな時は教師としてどうすればよいのか……。

瀬尾はなにも気づかない振りをすることにした。生徒の母親が、瀬尾のからだになにをしようと、気づかない振りをしていること……それが相手を傷つけず、彼もまた背徳から逃れる道だった。

瀬尾は部屋の中を見まわした。民江がこれ以上のことをするわけがない……。

長いあいだ夫の愛撫から遠ざかっていた三十女が、男の膝の上で一瞬の錯乱を起こしているだけだ。

夫の膝と間違えて、ジッパーをあけ、頬をすり寄せているだけだ。

康男のつくりかけの模型飛行機があった。

なぜか翼のところが出来ておらず、肥(ふと)った胴体が、炎上した飛行船のヒンデンブルグ号にそっくりだった。

瀬尾は、自分のセックスに生暖い唾液を感じた。民江は、指先で、ズボンのジッパーのあいだの瀬尾のセックスを正確にとらえ、それを肌着の上から口の中に含んでいた。

それでも瀬尾は、なにも気づいていない振りを続けていた。

民江は瀬尾の手をつかまえて、自分の緑色のスーツのスカートのかぎホックをはずさせようとしていた。瀬尾が自分の指に一切力を入れずにいると、体を巧みによじるようにしてスカートを脱ぎ、裸になった。

民江は、瀬尾と肉体の交わりを持とうとしていた。瀬尾は窓かけの上を見ていた。

もう立ちあがらなければならないと自分に言いきかせた。この瞬間を逃せば、破滅がくるのは目に見えていた。

瀬尾は半分立ちあがりかけた。けれどもその動作は、民江に瀬尾のズボンを完全に脱がせることに役立っただけだった。

民江は、瀬尾を畳の上に押し倒すようにした。瀬尾のセックスをしばらく口に含んでいたが、脚を開いてそれを自分のからだに迎え入れた。

瀬尾は目を閉じていた。女にも性欲があって当然なのだと自分に言いきかせた。犯されているのは彼のほうであって、相手のほうではない……瀬尾は目を閉じながら、図画の教師の野田厚子のことを考えた。野田厚子の二十三歳の若いからだとは、なぜ営みが出来なかったのか……。

瀬尾のからだの上で、民江が激しく動いていた。彼女の唇から洩れる強い吐息と露骨で卑猥な言葉の断片が、瀬尾の欲望を強く刺激しはじめた。

民江のオルガスムスが、瀬尾のたかまりも引き出しはじめているようだった。

瀬尾は、目を薄く開いた。

彼は顔をねじまげるようにして、窓のほうを見た。民江の顔を見ることを避けていた。性欲に突き動かされている女の顔を見ることは、瀬尾の心理的なブレーキを一度にはずす恐れがあった。

窓枠の上のブルーのカーテンがゆっくりと揺れていた。

カーテンの上を駆けてゆく霊のあしおと……

あれは足跡ではなかったのか……カーテンの上の足跡ではなかったのか……瀬尾は一瞬、カッと目を見開いた。

誰かの手と足が、窓枠の上につかまっている。ちょうど、大きなチンパンジーの黒い影のようなもの……。

人間だ……子供の大きさだ……康男ではないのか……母親と教師の忌わしい肉の営みを覗いているのではないか……。

瀬尾の頭の中に、混乱した判断の断片が渦巻いていた。

窓枠につかまって、水色のレースのカーテンから誰かが覗いている。それだけは間違いのない事実なのだ。

康男のはずはない……彼はいま学校で、図画の授業を受けているはずだった。

それでは誰なのか。

瀬尾は半分起きあがるようにして、窓枠の上の人物を誰何しようとした。

けれども、もう水色のカーテンの上の人影は見えなかった。

民江が、オルガスムスに激しく体を震わせながら、瀬尾の体を強く畳の上に押しつけるようにした。

行為が終ると、民江は、つとめて冷静な声で、瀬尾に宣告した。

「先生、もう二度とこの家に来ないでください。あたしは過ちを犯したんです……先生のことを好きになったなんて誤解しないでください。先生が、二度とこの家へあがったりしたら、あたしはすぐに一一〇番に電話します。子供のことであたしを脅迫して、肉体を奪いにきたと告訴します。それが嫌だったら、二度と来ないでください。康男の作文のことなんて、あたしたち母子の生活にとってはどうでもいいことなんです。わかったら二度と来ないでください」

民江は、瀬尾を睨みつけるようにした。

その目は、あきらかな憎悪で赤く燃えあがっていた。憎しみの対象が、もろすぎた自分自身の肉体に対してなのか、それとも瀬尾に対してのものなのか、彼にはわからなかった。

5

野田厚子が康男の新しい図画を放課後の教員室の瀬尾のところに見せに来た。

表面上はさり気ない顔をしていたが、新しい発見を一刻でも早く瀬尾に知らせたくてうずうずしている様子だった。

「北原くんが今日こんな絵を描いたんですけれど、先生、なにか気がつきません」

厚子は瀬尾の顔をテストするようにして覗きこんだ。

康男の描いた新しい絵は風景画だったが、ありふれた構図とは違っていた。大きな川のそばに竹藪があり、橋もかかっていた。

面白いのは、川の中の魚が一種の戯画になっていることだった。

魚たちが傘をさしたり、重しのようなものをぶらさげたりしているのである。

「妙な絵だな……なんの漫画のつもりなんだろう」

瀬尾は画用紙をすかすようにして、かざしてみた。

「瀬尾先生、その風景どこかで見たことがあると思いません」

厚子が、ちょっと頬を赭らめるようにして尋ねた。

「わからないな。子供独特の世界を描いているんだろうけれど……」

「違います。先生、これは舌切り雀のお宿の新館の二階から見える川ですわ。橋も竹藪も場所がそのままです。子供は出鱈目を描いているようで、けっこう正確に場所の配置を覚えているものなんです」

厚子が自信をもって断定するように言う。瀬尾はもう一度、康男の絵を眺めた。

図画の教師の厚子にそう言われてみると、康男の描いた絵は、瀬尾たちがこのまえ泊った、舌切り雀の宿の窓から見える風景そのものである。

ということは、大平幸次の〝うさぎのあとあし〟の詩の原稿が展示してある旅館に康男が行ったという事実にストレートに結びついてしまう。

瀬尾は絵を眺めながら、返事をするのを躊躇っていた。

康男本人も否定しているし、康男の母の民江も舌切り雀の宿など知らないと、あれほど言い切っているではないか。

「似ていると言われれば似ているけれど……」

瀬尾は口籠りながら、厚子のほうを見あげた。厚子のブラウスの下の若々しい乳房のふくらみが、すぐ目の前にあった。

熟れきった民江の肉体とは対照的に、新鮮で、甘ずっぱいような香りがするのである。

「瀬尾先生、北原くんはA温泉の舌切り雀のお宿に行っているんですわ。あそこの渡り廊下のガラスの展示室の中の大平幸次の詩の原稿も見ているんです。あの詩の原稿は全部ひらがなで書いてありますから、あの子にもちゃんと読めます。やっぱり、あの子が自分で作った詩じゃないんですわ」

厚子が、勢いこむようにして言う。

自分の発見に、すっかり興奮している様子だった。

「野田先生の言うことはよくわかるけれど、本人はあの旅館に行ったことを否定しているんですよ。そんなにひねくれた子供でもないのに、本当に行ったのだとしたら、なぜそんなにまで隠すのだろう」

「そりゃ、あそこで大平幸次の詩を見つけて真似をしたことがバレてしまうからですわ……盗作したことがわかるのが、子供心にも嫌なんですよ」

「そうかな……あの子は初めから、A温泉に行ったことを隠したがっていた……大平幸次の詩のためじゃないような気がするんだ。あの詩はたしかにいい詩だ……ぼくが読んでいても、ふっと自分の心の中のメロディとして口ずさみたくなってくる……〝カーテンの上を駆けてゆく霊のあしおと……それをすぐにつかまえてください……〟北原くんは、自分の言葉として、あれを書いているんだ……大平幸次のものではあるけれど……あの子の心にこだましてしまって……あの子の詩になってしまったんだ……」

瀬尾はいつのまにか、彼自身も熱っぽく喋りはじめていた。彼には自分がなぜそんなことを言い続けているのか、よくわかっていた。

瀬尾はこれ以上、北原親子の秘密に近づきたくなかったのだった。それは、重苦しい不吉な予感に似ていた。

「先生があの子をかばうのはわかりますわ。でも、あたくしは、あの子がなぜ嘘をついているのか、それが知りたいんです」

「あの子にとっては嘘じゃないんだ……」

「いいえ、嘘そのものですわ。瀬尾先生がどうしても協力してくださらないのなら、あたくしがひとりでやります。あたくしは、北原くんの絵を通して、あの子の心の奥底に近づきたいのです。

あの子の本当の相談相手になってやるのが、教育者の義務だと思います」

「野田先生、それは理想論だ……無理にあばき出さないほうがいい……心の秘密というものが誰にでもある……とくに子供はそうなんだ。心の底の秘密が、だんだんと石のような塊りになって、それがそのひとの人格の基礎になるんだよ」

瀬尾はなんとかして、厚子の探求心をとめようとしていた。なにか……どうにもとめることの出来ない大きな岩石が転がり出すのが恐ろしかったのだった。

「いいんです、あたくしはやりますわ。あの生徒を愛しているからやるんです。あたくし、いま北原くんを図工室にひとりで残して、舌切り雀のお宿の話を、絵に描かせているんです。あの子、かならずA温泉で見た絵を思い出して、尻尾を出しますわ」

「野田先生、生徒をそんなふうに扱っちゃいけない……拷問しているのと同じなんだ……あの子は犯人じゃない」

瀬尾はいつのまにか立ちあがっていた。野田厚子の妥協を知らない態度が、かえって冷酷に見えたのだった。

瀬尾はもう一度、北原康男の描いた絵を眺めた。

どうしても気になることがあった。それは二尾の魚が、傘をさしていることだった。二尾の魚は一尾が大きく、一尾がその半分ほどしかなかった。康男たち親子のつもりなのだろうか……魚のさしている傘は、蛇の目のようにも見える……それとも落下傘なのだろうか……。

「野田先生、この絵の魚は、なぜ傘をさしているんだろう。水の中で傘をさすのは少し変なんじゃないだろうか……北原くんに聞いてくれないかな」

「先生も一緒に図工室へ行きましょう。康男くんは、瀬尾先生のことを信頼しきっているんですのよ」

「どうかな、ぼくはもう北原くんの母親に会ってしまったからね……A温泉に行ったかどうかも聞いてしまった……それを知ったら、彼はきっと裏切られたと感じるだろうね……子供の心は敏感なんだ」

瀬尾は躊躇いながらも、とうとう野田厚子と一緒に図工室へ入って行った。

広い図工室の窓際の席で、こちらに背を向けて、康男が一生懸命にクレパスで舌切り雀の絵を描いていた。

「どうだ、うまく描けているかね」

瀬尾は子供に対する時の、つとめて明るい声で康男のうしろに立った。

舌切り雀の絵は、もう六枚目になっていた。

舌切り雀の欲張り婆さんが、手に大きな鋏を持っていた。

ただの鋏というよりも、植木を切る時に使う大きな柄のついた鋏だった。

舌切り雀の欲張り婆さんは、両手で拷問道具のように、その植木鋏を持ち、小便小僧のような男のオチンチンを切ろうとしていた。

瀬尾の目には、小便小僧のオチンチンは、猥褻（わいせつ）で肉感的な大人のセックスのかたちに酷似しているように見えた。

瀬尾は自分が、もう引きかえすことの出来ない場所に連れてこられているのを感じていた。

6

瀬尾は関越高速に入ってからスピードをあげた。野田厚子と、もう一度、舌切り雀の宿に行こうとは夢にも考えていなかったことであった。

ハンドルを握りながら、瀬尾の心は、野田厚子の肉体に対する期待で、微妙に揺れ動いていた。

厚子のほうは、舌切り雀の宿へ行って事実をたしかめることだけに、強い関心を持っている様子だった。

「どうも、ぼくはこんな探偵みたいなことをするのは気がすすまない……」

「あたしは、正しい事実の上に立たなければ本当の教育は出来ないと思いますわ。北原くんが、舌切り雀の宿へ行ったかどうか、あの子の写真を持って旅館のフロントのひとに聞けば、すぐにわかることですもの……あたしは、かならず泊っていると思いますわ」

厚子は、きっぱりとした口調で言った。

「そりゃ泊っているかもしれない……でも、母親もあの子も、そのことを懸命に隠しているんだ。あの親子にも人に言いたくない事情があるんだろう。生徒の家庭の事情に、そこまで踏みこむ必要があるだろうか……」

「瀬尾先生、北原くんは、他人の詩を自分で作ったと言い張っているんですよ。生徒が泥棒をするのを、黙って見すごしていいとお思いになる？」

「きみが、生徒に対する愛情から喋っているのはわかる。でも、ぼくは違うんだ。ぼくがいま考えていることは、北原親子のことでもなければ、教育のことでもない……きみのことだけなんだ。教師などやめて、このままきみと二人でどこか遠いところに行ってしまいたい」

瀬尾はしっかりとハンドルを握りながら、あいている手で厚子の手を強く握った。今度こそ、厚子と本当に結ばれたいと考えていた。

「瀬尾先生は、夢みたいなことを仰有るのね。あたしは瀬尾先生も好きですけれど、子供たちを教えることがもっと好きですわ」

「きみは、子供たちに手ひどい復讐を受けたことが一度もないんだ……子供たちは、醜い大人の原型にすぎない」

「違います。子供たちは無限の可能性を秘めた新鮮な希望ですわ……あたしは信じています」

「すぐに汚れてしまう……それも、ひどく汚れてしまうんだ……」

瀬尾は吐き出すように言った。

なにが、自分にこんなすねたような言葉を吐かせるのかわからなかった。ときどきフロントガラスの向うに、康男の母親の民江の白い裸身が、ゴムマリが弾むように動いて見えた。

A温泉の旅館の駐車場に車を入れて、瀬尾はボストン・バッグを持ち、厚子と一緒に旅館の玄関に入った。

この前のように新館に部屋をとり、大平幸次の詩の原稿の展示してある渡り廊下を通った。部屋に案内したのは、見知らぬ番頭だった。

「瀬尾先生、運転でお疲れでしょうから、お先に温泉に入っていらしてください。そのあいだにあたしが、フロントで康男くんの写真を見せて聞いてきますわ」

厚子は、調査をするのが愉しくて仕方がないという顔だった。

「断られたら、すぐに戻ってきたほうがいい……僕らのことを調べられても困るよ……」

「大丈夫ですよ。あたし、興信所の人間だって言ってやりますもの……あたしの高校の時の同級生で、興信所につとめている女性がいるんです。ときどき彼女の話を聞くけれど、こちらが諦めないで聞いてゆけば、人間って案外と喋りたがっているんですって……お喋りはリクリエーションなんですよ。それに瀬尾先生、あたしたちのあいだは真剣な恋愛関係でしょう……誰に聞かれても、見られても、恥かしいものじゃありませんわ。妻子があったって、愛し合うのは自由だと思います。あたし、先生に離婚してくれなんて絶対に言いませんもの……先生のことが好きなんです。ただ、それだけ……」

厚子の最後の言葉が、瀬尾を勇気づけた。彼は手拭いをさげて長い廊下を渡り、大浴場のほうへ歩いて行った。

厚子の愛情を一番大切なものと考えれば、あとはもうどうでもよいことだと、悟りきったような気持になっていた。

誰もいない大浴場の熱い浴槽につかると、すべての雑念が消えていった。

北原康男親子のことさえ、もうどうでもよいことだった。

瀬尾は顔に手拭いをのせ、しばらく運転で疲れた目を休めていた。

ふと、人の気配のようなものを感じて目を開いた。

子供のような体格の中年の男が、爪先だって浴槽に入ろうとしているところだった。

男が浴槽に全身を沈めると、普通の疲れきった中年の男の顔になった。それも、長年ひきずってきた人生の秘密が、目の下の暗い隈に漂っている――そんな感じを瀬尾に抱かせた。

男は、四肢と胴体が発育をやめたほかは、頭と顔はごく当り前の体形だった。

どこかで見た顔だと思い、瀬尾はこの前、野田厚子と投宿した時に、部屋の案内をした番頭だということを思い出していた。

瀬尾の記憶は、相手が裸でふいに浴室に現われたせいか、一つずつ、ずれていたのだった。

「お客さん、この前も、二〇四号室に泊っていったね。一緒に来ているの、奥さんじゃないでしょう。ありゃ、ピチピチとしたいい女だね……俺も、あんな若い女とやってみたいもんだよ」

男はきゅうにヤクザっぽい口調で、瀬尾に喋りかけてきた。

瀬尾を小馬鹿にしたように、手拭いで顔をぬぐっている。

「きみは、この旅館の従業員だろう。客に向って、なんという失礼なことを言うんだ」

瀬尾は腹を立て、紋切り型の抗議をしながらも、なぜか不安になっていた。男の妙に落ちつき払った態度が、瀬尾の秘密を握っている感じなのである。

「いろんなお客さんがいるからね……立派な夫婦者もいれば、あんたたちのように、表では聖職者ぶっているくせに裏では醜い情事に耽っている連中もいる。俺は出来るかぎり、世の中の汚れたかすは掃除する主義でね……」

男は、脅かすような笑いを唇の端に浮かべた。

いまの自分にとっては、厚子との愛情だけがすべてなのだ……他のものは全部棄ててもいい……そう思えばこの男の脅迫など少しもこわくはないではないか……。

瀬尾は、浴槽の中にすくっと立ち上った。

「ぼくらには、なにもやましいことはないんだ。さっき言ったことが冗談でないとしたら、すぐにでも警察に突き出してやる。ぼくは冗談だと思っているがね……」

瀬尾は最後の言葉を優しく言うと、男の顔をじっと眺めた。

男は呆気にとられたように瀬尾を眺め、自分も湯舟の中で立ち上った。

立ち上っても、男の腰の下はまだ湯舟につかったままだった。

隠すのを忘れた男のセックスが、妙に黒々と大人びて湯の中で浮いているのが、瀬尾の印象に強く残った。

瀬尾が部屋に帰ってしばらくしてから、厚子が明るい顔で戻ってきた。

「瀬尾先生、やっぱり北原くんとお母さんは、この旅館に来て泊っていますよ。それも一カ月ほど前のことなんです。写真だけじゃわからなくて、あたし似顔絵を描いたんですの。そうしたら、覚えていてくれたフロントのひとがいて……」

厚子の声が明るく弾めば弾むほど、瀬尾の気持は重く沈んでいった。

7

厚子が温泉に入っているあいだ、瀬尾は旅館の二階の窓から、すぐ前を流れている濁った川をじっと見つめていた。

川の手前の広場の竹藪は、最盛時にくらべると三分の一に減っているという話だった。

旅館のフロントの話では、北原康男が一カ月ほど前に母親の民江と一緒にこの舌切り雀の旅館に来て泊っているのである。

厚子は似顔絵を描いて、康男と一緒に来たのが母親の民江だということを確かめている。連れの男性はいない。宿の記録でも、間違いなく親子二人きりで泊っていた。

それなのに、なぜ、この旅館に泊ったことを隠すのだろうか。

瀬尾は腕組みをした。

瀬尾が厚子とこの旅館に来たのは、誰の意志でもない。偶然なのだ。

瀬尾たちが泊った旅館に、北原親子が泊っていたというのも偶然である。この程度のめぐり合わせは、多少、珍しいことだとしても世の中にはいくらでもある。

妙なことになってきたのは、それから先であった。

瀬尾が担任している北原康男が、作文の時間に、なぜ大平幸次の詩を書いたのか……康男が、大平幸次の詩をそのまま書いたりしなければ、同じ旅館に泊ったことなど知らずに、そのまますんでしまったのだ。

そして——これが一番大切なことなのだが、北原親子が大平幸次の詩の展示してある舌切り雀の宿に泊っているという事実なのである。

あきらかに泊っているのに、北原親子はそれを隠している。

ひょっとして……北原民江が、長いあいだ押えていた願望を爆発させるようなかたちで瀬尾とからだの交渉を持ったのも、舌切り雀の宿に来たことを隠すためなのではないだろうか。

そうだとすると、康男は母親に言われて、舌切り雀の宿に来たことを隠しているのだろうか。

今まで、大平幸次の詩を真似したのを隠すために、舌切り雀の宿に来たのを黙っていたと思ったのは、瀬尾たちの思い違いだったのではないか。

康男が舌切り雀の宿に来たことを否認しているのは、大平幸次の詩とはなんの関係もないのではないか。

そう考えると、瀬尾は自分の感じていた不吉なものが、だんだんと実体を持ちはじめてきたような気がするのだった。

康男は、なぜ、水の中で泳いでいる魚に傘をさせたのか——。

重しのようなものをつけて、縛られていた魚が一匹いたのは何を意味するのだろうか——。

あの子は、なにもかも知っているのかもしれない——。

《子供というものは、大人の世界をちゃんと見ているものなのだ。彼等がそれをどう解釈しようと、見ている事実に変りはない。しかも子供たちは、自分たちが垣間(かいま)見た大人たちの醜い世界の本質を、すでに見抜いてしまっているものなのだ》

こんなことを言ったのは、誰だっただろうか。

瀬尾は大学の教育実習の時に、教授が言った言葉だったと思い出していた。

「瀬尾先生、康男くんが、傘をさしたお魚を描いたわけがわかりましたわ」

厚子が宿の浴衣を着て、目を輝かせて入ってきた。

瀬尾の視線は自然と、厚子の細帯をしめた腰のあたりから、白い素足へと移っていった。

あと一時間か二時間もしたら、この女と裸になって抱き合っているだろうと瀬尾は思った。その時は、康男がどのようなつもりで魚を描こうと関係のないことなのだ。

瀬尾は、康男のことなど忘れて、少しでも早く厚子のからだを抱きたいと思っていた。

「瀬尾先生、そんなに真剣な顔であたしのことを見ないで……」

「きみが美しいと思っているんだよ」

「康男くんたちが泊ったのは、すごい大雨の日だったんですって……一カ月前の土曜日ですわ。お風呂場を掃除していたおばさんが覚えていたんです。あの日は土曜日だというのに大雨で団体のキャンセルがあって、旅館はがらがらだったんですって……母子(おやこ)連れが泊っていて遊びに行くところもなくて気の毒だなと思って見ていたそうです。日曜日の朝方早く、康男くんたち親子が宿の番傘をさして川のほうを歩いていたんです。もしかしたら、康男くんたち心中でもしようとしてたんじゃないかしら……それを誰かに助けられたか……あるいは二人で思いなおして雨の中を帰ってきたか……それで親子二人でこのことは秘密にしよう、誰にも言うのはやめようって約束したんじゃないかしら。あたし、東京に帰って康男くんに本当のことを聞く自信が出来ましたわ」

瀬尾は、厚子の言葉をほとんど聞いてはいなかった。

そんな美しい話があるはずがない……あの康男の部屋の中で絡み合った母親の民江の肉体は、息子と死のうと思っていた女のからだではない……もっと、なにか恐ろしいことが……。

そうだ、あのときカーテンの上を通り過ぎていった影はなんだったのか。

教え子の母親と肉体の交わりを持った教師の、背徳の念と恐怖から生れた只の幻影だったのか。

「野田くん、結婚して二人でどこか遠くへ行こうと言ったら、うんと言ってくれるかな。二人だけで、生徒が十人かそこらしかいない僻地で、もう一度、教育の実践ということを考えてみたい……純粋な教育をしてみたいんだ……ぼくは、もう惰性に押し流されている。きみと愛し合うことで生れ変りたい」

瀬尾はせきこむように言うと、厚子の浴衣のからだを抱きしめた。

瀬尾の腕の中で、若鮎のような厚子のからだがもがいていた。

瀬尾は厚子の唇を求めた。窓の外では急速に、夕闇がひろがりはじめていた。

「瀬尾先生……康男くんのお母さんとなにかあったでしょう。先生はドン・ファンだわ。あたし、先生を尊敬しているけれど、先生は他の女の関心を集めすぎるわ。先生、なにがあったの……康男くんのお母さんだけじゃないわ、他の教え子の母親とも……」

「馬鹿なことを言うんじゃない。そんなことは絶対にない……」

瀬尾は激しく否定しながらも、康男の母親とのことは誰が言ったのかと、強い疑惑と不安にとらえられていた。

瀬尾はその不安に打ち勝つために、厚子の唇を乱暴にふさぐようにして、強く柔らかな舌を求めて吸った。

厚子の舌が応えてきた。それは二十三歳の若い教師の新鮮な唇であり、同時に、かすかな嫉妬に燃やされている可愛らしい女の唇でもあった。

瀬尾は、厚子のからだを畳の上に押し倒すようにして、のしかかった。

彼は、まだ子供を生んだことのない二十三歳の若い乳房に感激していた。浴衣からこぼれた白い乳房を口に含み、瀬尾は大胆な手を厚子の腿のあいだにのばしはじめた。

厚子は強く腿をとじて、抗っていた。瀬尾が、征服する時の興奮に駆られながら指を動かしていると、ふと、窓の外に視線を感じた。

それは影というよりも、番傘のお化けだった。

少しつぼめた番傘の中程のところに、二つの大きな穴がうがってあって、そこから人間の目のようなものが、瀬尾たちの情事を見つめていた。

瀬尾のからだが、急速に萎えていった。

彼は、永久に、厚子と一つに結ばれないのではないかという強い予感にとらわれていた。

8

翌朝、瀬尾は睡眠不足の重い頭をかかえ、下駄をはいて宿の前の河原に出た。

足が自然と橋桁の下に向った。いつのまにか雨が降りはじめていた。

橋桁の下で、もう釣り人が糸を垂れていた。

「釣れますか」

「いや、毎日、運動がてら来るんですがね……さっぱり駄目ですわ」

た。

合羽(かっぱ)姿の男が首を振るのを見て、康男たち親子が来た日曜日の朝のことを質問したくなった。

「一カ月前の日曜日の朝も、ここで釣りをされていましたか」

「いや、あの日だけはやらなかった……なにしろ気が狂ったような大雨だったからね。水嵩(みずかさ)がこのへんまで増して、とても釣りどころじゃなかった。ところで、あんたも警察関係の人かね。あの下流(しも)のほうで発見された水死体のことで調べているんでしょう。あの水死体、死後一カ月くらい経(た)っているんだってね。ずっと下のほうの橋桁にひっかかっていて、昨日、きゅうに浮きあがってきたっていうじゃないの。あの雨じゃ前もよく見えないし、河原を歩いていたりすりゃ簡単に足を滑らすよ。釣りマニアがいてね、あの雨の中でも釣りに来たのがいるんだねえ」

男は喋り好きなのか、うきから目をはなすと瀬尾のほうを見あげた。

「いや、ぼくは保険会社の人間なんですがね……そうですか、釣り仕度をしていたんですか……自殺ということはないでしょうね」

瀬尾は慌てて、もっともらしい応答をした。

「真赤な釣り用のアノラックを着ていたからね……あんた、警察でくわしい事情を聞かなかったのかね」

「いいえ、われわれはあらためて調べなおさなくてはならないんです。しかし、その男のひとが、この橋桁の下で釣りをしていたという間違いのない証拠でもあるんですかね」

「あの雨だしね……この橋桁の下で釣るより仕方がないだろう。あのひと、保険はどのくらいかけていたんだい」

「たいしたことはありませんよ」

瀬尾は愛想よく言うと、河原から旅館のほうへ戻ってきた。

康男親子の沈黙は、やはり、なにか犯罪と関係があるのではないだろうか……犯罪とまでいかなくても、康男たち親子が舌切り雀の宿に泊ったその日に、前の河原で釣りをしていた男が水死している……これも只の偶然なのだろうか……康男たち親子は、なぜ、あの日曜日にこの雀の宿に来たことをひた隠しに隠しているのだろうか……。

瀬尾は旅館に戻ってくると、地もとの朝刊をロビーでひろげた。

水死体の男のことが載っていた。二十歳前後で、身元不明と書いてある。

身元不明なのに保険会社が調べているなどと言ったのは失敗だった……あとで怪しまれるのではないかと、瀬尾は不安になった。

部屋に戻ると、厚子はまだ寝んでいた。

若い肉体がむさぼるように眠りを求めているのを見ながら、瀬尾は、なぜ昨夜の自分たちのセックスがうまくゆかなかったのか考えていた。

瀬尾にとっては、康男たち親子の問題よりも、厚子のほうが重要なはずだった。

厚子がパッと目を覚ました。

「あたし、いま、舌切り雀の夢を見ていたんです……あたしが意地悪婆さんになって、重いつづらを背負っているの……重くて、重くて、本当に歩けないんです……瀬尾先生はすぐ隣を歩いているのに、知らん振りをして手伝ってくださらないの……あんまり重たいのでうしろを見たら、康男くんのお母さんがつづらの上に乗っているんです……それも裸であぐらをかいて、あたしを笑っているんです……」

そう言うと厚子は、悪夢を振り払うように首を振った。

瀬尾には、厚子の夢の意味がなんとなくわかるような気がした。

「康男くんの描いた絵ね、あれは重大な意味を持っているかもしれないんだ……」

瀬尾は、自分の不安を押しつけるようにして厚子に言った。

「いやですわ、先生。そんなこわい顔をして……なにかあったんですの」

「康男たちがここに泊った日、つまり日曜の朝、たぶん、その橋の下で釣りをしていて溺れ死んだ男がいるらしい。一カ月もたったあとで、二、三日前に下流のほうから水ぶくれの水死体になって浮かびあがったんだ。今朝の新聞に出ている。橋桁の下にひっかかっていて、泳ぎにきた子供たちが見つけたらしい。今朝の新聞に出ている。水を含んだ真白の水死体が、くらげのように水中からゆらゆらゆらと浮かびあがってきたんだ……」

「先生、くらげのようにゆらゆらと水死体が浮かびあがってきたなんて、新聞に書いてあったんですか」

「いや、ちがう……大平幸次の詩を思い出していたんだよ。〝それはさびしいぼくの胸に浮かびあがってくるくらげです……〟」

「瀬尾先生、康男くんたちがその水死体と関係があると思っていらっしゃるのね。どんな証拠があるんですの」

「状況証拠だけだよ。まず第一に、あの親子は、一カ月前の日曜日にこの旅館に泊ったことをなぜか頑強に隠している……そして、その日曜日に、この旅館の前で釣りをしていたと思われる男が、水死体になって死んでいるのだ……」

「その男、なにをしていたひとなんです。康男くんと関係のある男なんですか」

「新聞では身元不明となっている。しかし、東京の人間らしい……ぼくが一番気になるのは康男の描いた絵だ。きみの言うとおり、あの絵が、この旅館の窓から見る風景だとしたら……あの橋の下で、傘をさしている親子の魚は、康男親子と考えていいだろう。心配なのは、もう一尾の魚だ。なぜ、縛られて石の重しまでつけていたのだろう……もしかしたらあの魚は、橋の下で釣りをしていた身元不明の男をさしているのかもしれない……どんなことをしても康男に口を割らせるのだ」

「先生、康男くんのことをそんなふうに言ってはいけませんわ。先生はあの子の教育者でしょう。あの子を脅しても、口は開きません。あたし、絶対に言うまいと決心した子供の顔ってわかるんです」

「それではどうすればいい」

「あたしが優しく根気よく聞いてみます。あたしたち絵を描いてお喋りが出来るんです。あの子の心を開かせてみますわ」

「きみは子供を信用しすぎているよ。子供はこわいんだ。自分が子供だった時のことを考えてみればいい。ぼくだって、十歳の時に、とりかえしのつかない嘘をついている……」

「それは子供特有の嘘ですわ。子供は天使です」

野田厚子が強情な顔で言うのを見て、瀬尾は論争するのを諦めた。

二人でもう一度、床の中へ入ろうと思っていたが、その雰囲気ではなくなっていたのだ。

ドアが遠慮がちにノックされて、番頭が入ってきた。最初に、瀬尾たちがこの旅館に来た時の案内の番頭だった。

大浴室で見た裸身の時とはちがって、ずっと番頭らしい物腰を身につけていた。

けれども瀬尾たちに無遠慮な視線を向けると、凄味（すごみ）のある声で喋りはじめた。

「先生方、こんなところにお二人でしけこんでいると、ＰＴＡや校長がうるさいですぜ。ここに来たことは黙っていてあげますから、先生方も二度とここへは来ないことですな。舌切り雀の宿に泊ったことや、大平幸次の詩の原稿を見たことなど、みんな忘れるんだ。まして、水死体のことなど、へんに調べに歩くと、先生方が警察に呼び出される破目になりますぜ」

番頭は、ニヤニヤと脅しながらも好色な視線を野田厚子の寝巻の腰のあたりから動かさなかった。

9

教室に西日が射してきていた。瀬尾は、西日のつくる不均衡に伸びる机の長い影から、視線を北原康男のほうに戻した。

康男は、頑(かたく)なな姿勢を崩していなかった。

「きみはA温泉にお母さんと一緒に行ったね。土曜日の晩に舌切り雀の宿に泊ったね。そこに舌切り雀の鋏があっただろう。日曜日の朝、すごい雨の中を橋のところまで歩いて行った。番傘をさして、お母さんと一緒に行ったんだろう。お母さんと一緒の傘に入ってたのかね」

瀬尾は、なんとか質問のきっかけを摑(つか)もうと焦っていたが、康男は沈黙したままだった。

「橋のところで、誰か知らないおじさんと会ったね。どんなおじさんだったんだい。きみはちゃんと絵に描いているじゃないか。ほら、重しをつけた……あのおじさんのことだよ」

瀬尾はついに、言ってはならないことを口にしてしまったと思った。一気に康男の秘密の核心に触れてしまったのだろうか。

康男が目をむくようにして、瀬尾のことを睨みかえした。小学校の生徒が、教師にむかって向ける視線ではなかった。

「きみはそうやっていつまでも黙っているつもりだね。でも、野田先生にはもう話してしまったんだろう。ぼくにも話してみてくれ。きみから聞いたことは誰にも言わない」

「野田先生は、もう瀬尾先生に喋ってしまったんだ……絶対に話さないって、あんなに約束したのに……」

「いや、野田先生からはなにも聞いていない。きみは野田先生に本当に喋ったのかね。あの絵の中の、縄で縛られた重しをつけた魚のことだ」

「うん、野田先生には喋った……野田先生は誰にも喋らないって約束してくれたんだ……だから、ぼくも、もう誰にも喋らない……」

「きみのお母さんは、先生に話してくれるかな。お母さんも、あの橋のところにきみと一緒にいたのだろう」

「お母さんは、瀬尾先生にならきっと喋るだろう……お母さんは瀬尾先生と、もう仲良くしたじゃないか……」

康男が怒りをこめて、挑みかかるようにして言った。

「きみのお母さんと仲良くしたというのは、どういう意味だね」

「そんなこと、ぼくに聞かなくたってわかっているじゃないか……めしべとおしべがくっつくようなことをしただろう……トンボのおつながりと同じことをしたじゃないか……」

「きみはトンボのおつながりを見たことがあるのかね」

瀬尾は無理に落ちついた声を出そうとした。自分が大人の図々しさで康男と喋っていることに、かすかな恥らいを覚えていた。

あの窓かけの上の、子供のような影……康男の部屋で、康男の母親の民江と交わっていた時に、窓の外から感じた視線はやっぱり康男本人のものだったのか……それでは、あのとき康男は学校からどうやって抜け出して、瀬尾たちのことを覗き見したのだろうか。

「トンボのおつながりは、三年生のとき林間学校に行ったとき見たんだ」

「最近は見たことはないんだろう」

「最近はないさ」

「それなら、もうおつながりのことなんか言うんじゃない。先生は、きみのお母さんと仲良くなんかしちゃいない」

瀬尾は、きっぱりとした調子で言った。あのとき瀬尾は、いかなる意味でも能動的に康男の母親と交わらなかったのだ……彼はなにをされても、気づかないふりをしていただけなのだ……あれは無罪なのだ……。

「先生は、本当にぼくのお母さんと仲良くしなかったの」

「しなかった」

「それならいいんだ……ぼく、お母さんのこと恥かしいの……あのひとのことが嫌いなんだ……」

康男はほっとした表情を見せ、それから吐き出すように言った。康男は、瀬尾と康男の母親の肉の交わりを目撃してはいなかったのだと、瀬尾は確信した。

それならば、あの窓かけの上の小さな影は誰だったのか……瀬尾の頭に、さっと、A温泉の背の低い番頭のことがよぎった。

あのふてぶてしいまでの脅迫の仕方……あれは、瀬尾たちのことを覗き見したからではないのか——しかし、東京に来て、康男の部屋を覗くことがどうして可能だったのだろう——。

「先生、ぼく、本当のことを言うと、作文の時間に書いたあの詩、舌切り雀のお宿にあったのを覚えていたんだ……あの詩、すごくぼくにぴったりだった……ぼくにもあんな詩が作れればいいなと思ったんだよ……」

　康男が、考えこんでいる瀬尾にきゅうにおもねるように言った。

「子供のときは、好きなものをいくら真似してもいいのだ。真似して、真似して、真似しているうちに、だんだん自分のものが出来てくる」

「でも、真似しちゃいけないものもあるだろう」

　康男が不安そうに瀬尾のほうを見上げた。

「そりゃ、なかにはあるだろう」

「ぼくは、真似しちゃいけないことを真似したみたいなんだ……」

「なにを真似したんだね」

「大人のやることとさ……ぼくは、お母さんが大嫌いなんだ……男のおちんちんをくわえたりさ……あんなことはトンボだってしないだろ」

「そりゃ、わからないな……好きなひとにはどんなことをしてもいいんだ」

「そうなんだ……やっぱり、ぼくや、いなくなったお父さんのことはどうでもいいんだ……お母さんは悪い人間なんだ……」

　瀬尾は、康男が突然もち出した母親の問題で、のっぴきならなくなったことを感じていた。

「それで、きみはなにを真似することにしたんだね」

　瀬尾は出来るだけ冷静に尋ねた。

「ほかの女のひとに、お母さんと同じことをさせることとさ……ぼくのおちんちんをくわえさせたり……犬みたいにへんに動いたりすることさ……」

「わかった。誰かとお医者さんごっこをしたんだな」

「ちがうよ……学校の子とやったんじゃない……ぼくの大好きな女のひとと約束したんだ……お母さんと同じことをさせるって……そのかわり、ぼくも本当のことを全部言うことにしたんだ……」

瀬尾はふいに頭を殴られたような気がした。

事態はどうしようもなく、悪いほうへ進みはじめているのだ。

「野田先生と約束したのかね……」

瀬尾は、一気に胸の空気を吐き出すように言った。

康男は大きくうなずくと、ライバルを見上げるように、瀬尾のことを眺めた。

野田教師に対する瀬尾の気持をとうに知りつくしている、早熟な生徒の顔だった。

けれども、すぐに、申し訳なさそうに目を伏せた。

10

「約束しただけならいいんだ。でも、実際に野田先生に、きみのおちんちんを触らせたり……いろんなことをさせたりしちゃいけない……」

瀬尾はそう言ってから、心の中ではなにを思っていてもよいのだろうかと考えていた。

西日が落ちて、ふいに教室の影が濃くなりはじめていた。

「ぼくだって、野田先生にそんなことをしちゃいけないと思っているんだ……だけど、お化けは野田先生のところへ行くんだ……からかさのお化けは一度約束したら、かならずそのとおりにするんだ……」

「そのからかさのお化けというのはなんのことだね」

「雀のお宿で会ったお化けさ……竹藪の中に住んでいるんだ……ぼくに、あの詩を読んでくれたし、いろんな遊び相手にもなってくれた……でも、あいつも悪いヤツかもしれないな……」

康男の言葉が、きゅうに飛躍しはじめた。瀬尾はふいに自分が、子供の空想力についてゆけないのではないかと不安になった。

《それとも……康男は普通の子供ではないのではないか……》

「きみは、そのからかさのお化けと口をきいたのかね」

「もちろんさ。ちゃんと人間の言葉は喋るんだ……」

「一番はじめはどこで会ったんだね。最初からちゃんと話してごらん」

「お母さんと、雨の日に雀のお宿に行ったときのことさ……ご飯をたべる前に、二時間ばかりゲーム室に行って遊んでおいで。お母さんは人に会って大事なお話があるから、絶対に戻ってくるんじゃないよって言われたんだ……ぼくは二千円もらってゲーム室に行った……だけど、二千円で買ったゲームのコインなんて、すぐになくなっちゃうんだ」

そこで康男が弁解がましい口調になった。

「舌切り雀のつづらや鋏を見たり、詩人の詩を覚えたりしてたけど、すぐに退屈になっちゃったし……お母さんのことも心配になってきたんだ……それで、裏の竹藪からお母さんの部屋を覗きに行ったんだ……そしたら、からかさのお化けがいたんだ……」

「きみたちは二階の部屋に泊っていたのだろう」

「そうさ。でも、ぼくは二階の部屋にのぼるのなんて平気だよ。からかさのお化けも、マンションの十階くらい平気でのぼれるって言っていた……ぼくたち、よくマンションの裏の広場で野球をしてて、ホームランを打ったりするとボールがマンションの五階や六階のベランダに入るだろう……何回も入ると叱られるから、そっと登っていって勝手に拾うんだ。みんな猿みたいだって言うけれど、雨樋に伝って登れば簡単さ……でも、ときどき部屋の中みちゃって悪いと思うけどさ……お化けは、おまえも覗きに来たのかってこわい声で言ったんだ……背はぼくぐらいしかないけれど、からかさをすっぽりかぶって、大きな目玉が二つだけギョロギョロ光っていてこわいんだ……おとなしくしてないと突き落すっていうから、ぼくもじっと部屋の中を覗いていた……コンクリートのヘリにつかまって、爪先立って覗くんだよ……それだけでも苦しくてさ……お母さんは、若いヤクザみたいな男に脅かされていた……なぜ、家と土地を売らないんだって、お母さんの髪の毛を持って小突くんだ……あそこの家と土地を売れば、たいへんなお金が入るじゃないか、そうすりゃ、坊主だって黙ってても大学までやれるし、お母さんだって贅沢出来るだろうって言うんだ……お母さんは、いくらぶたれても、いなくなったお父さんが帰ってこなくては勝手に売れませんて頑張ってた……そしたら、また若い男が、おまえはまだ捨てられた亭主を愛しているのかって、お母さんのことをぶつんだ……お母さんは泣きながら、ちがう、あんたのことが好きだって若い男にしがみつくんだ……」

康男はそこのところで、きゅうに口惜しそうに嗚咽をあげはじめた。

「きみは、お母さんに裏切られたように感じたんだね」

「お母さんは、その男になんでもやらせたんだ……男はズボンを脱いで、お母さんにおちんちんをくわえさせた……お母さんの髪の毛をおさえて、気持よさそうに目をつぶっているんだ……そのあと、お母さんを裸にして、うしろから犬みたいなことをしたり、脚をひろげさせて、いろいろといじめたんだ……お母さんは苦しがって声をあげていた……ぼくは吃驚して、お巡りさんを呼びに行こうって言ったら、からかさのお化けが、お母さんはあれで気持がいいんだって、ぼくに言うんだ……ぼくは口惜しいから、ひとりで下に降りて竹藪の中でしゃがんでいた……死んでやろうと思っていたんだ……気がついたら、またからかさのお化けがぼくのそばに坐っていた……そのとき、からかさのお化けといろいろ約束させられたんだ……」

「どんな約束だね」

「お母さんのところへ来る若い男を、こらしめてやろうっていうことになったんだ」

康男が言いにくそうに、ズボンの膝のあたりをさすりはじめた。

「どうやってこらしめるんだね」

「舌切り雀の鋏で、あんなヤツのおちんちんは切ってしまえばいいんだって、ぼくがそう言ったけれど、からかさのお化けは笑っただけだった……もっといい方法があるって……ぐるぐる巻きにして重しをつけて川に沈めてしまえば、もう二度と浮かびあがってこないって……」

「でも、そんなふうにこらしめたら相手は死んでしまうだろう」

「そうさ、あんなヤツ死んでしまえばいいんだ……お母さんに、あんなにひどいことをしたんだからね……」

「ひどいことって、お化けと一緒に覗いたときのことかね」

「ちがうよ、翌朝のことだ……翌朝、お母さんが、よそのおじちゃんと会うからぼくに一緒に来てくれって言ったんだ……二人ですごい雨の中を、宿の番傘を借りてあの橋の下へ行ったんだ。そしたら、赤いヤッケを着たアイツが待っていた。お母さんを裸にしていじめてたヤツだ……お母さんはぼくの肩を抱きながら、あいつに泣いて頼んだんだ……家と土地を売って立退くのだけは勘弁してください、この子の父親が帰ってきたときに、あの家がないと合わせる顔がない、どうしても売れというのならば、この子と一緒に川に身を投げて死にますって泣くんだ……ぼくも、もしかしたら、お母さんは本当に川に身を投げて死ぬかもしれないと思った……でも、お母さんをひとりで死なすわけにもいかないし、ぼくが一緒に死んでやってもいいと思ったんだ……」

康男が、すこし晴れがましそうな顔で言った。

「きみのお母さんは、あの家を売るのがどうしても嫌なんだね。ずいぶん古い家なのにね」

「そうなんだ……売ればすごいマンションが建って、大きな部屋も貰えるし、お金もどっさり入るのに、てめえは馬鹿だってアイツがお母さんにひどいことを言うんだ……なにかって言えば坊主のおやじのことを持ち出しやがってって……ぼくのことを睨みつけたあとで、お母さんを殴ったんだ」

「それで……」

「お母さんは気が狂ったように泣き出したんだ……アイツの腰にしがみついたら、アイツはお母さんのことを蹴飛ばしたんだ……ぼくはお母さんを助けなければいけないと思った……橋桁のコンクリートの台の上にあがればぼくのほうがアイツよりも上になる……からかさのお化けが言っていたように、コンクリートの台の上に大きな石が置いてあったんだ……ぼくはそいつを、アイツの頭にぶつけてやった……アイツはいっぺんで河原の上に倒れたよ」

康男は、まだ誇らしげに喋っていた。瀬尾は、生徒の話を聞きながら、目の前の夕闇がどうしようもなく濃くなってゆくのを感じていた。

11

康男たち親子が、若い男の持っていた釣り糸で男の死体をぐるぐる巻きにして重しの石をつけ、水かさの増した濁流に投げこんでいる風景が目に浮かんだ。

「きみとお母さんで、その男を川に沈めたのかね」

「ちがうよ、お母さんはぼくの手をとって早く逃げようって言ったんだ。ぼくも、アイツが怒って起きあがらないうちに早く逃げたほうがいいと思った……それっきりなんだ、アイツを川に沈めたりはしないさ」

「でも、きみは、川の中で重しをつけられてグルグル巻きにされているお魚の絵を描いたじゃないか。あれは本当のことじゃないのかね」

「あれは、からかさのお化けの言ったことなんだ……あとになって、からかさのお化けの言ったとおり、アイツが川に沈められているんじゃないかって心配になったんだ……それで絵に描いてみたんだよ」

康男が不安そうに言った。康男たち親子は、本当にあの川から水死体があがったことを知らないのだろうか。

「それでは、アイツのことがあったから、雀のお宿に泊ったことは内緒にしていたんだね」

「そうなんだ……お母さんが誰にも言うんじゃないって言ったんだ……ぼくも誰にも言うつもりはなかったけどね……だけど、雀のお宿で覚えた詩を、先生の作文の時間に書いたのがいけなかったな……でも、先生、なんで雀のお宿のあの詩のことなんか知ってたんだい。からかさのお化けは、この詩はとてもいい詩だけれど、世間のヤツラは、誰もあの詩のことを認めてやらなかった、だからあの詩を作った詩人は、お腹をすかせて、血を吐いて、若くて死んだんだって言ったよ。それから、こうも言ったよ。この詩を作った詩人は、死ぬまで女と、トンボのおつながりなんかしなかったんだって……純粋なまま死んでいったって言ったけれど、どういう意味なのかなあ……」

「からかさのお化けが、そんなことを言ったのかい」

「そうなんだ……あの詩も、からかさのお化けが何度も読んで教えてくれたんだ…… 〝カーテンの上を駆けてゆく、霊のあしおと……それをすぐにつかまえてください〟 ……お化けは、ぼくたちがからかさをかぶって霊の足音になればいいんだって……からかさのお化けは、男と女が雀のお宿に来て裸になって悪いことをするときは、いつもからかさをかぶってカーテンの上の霊の足音になるんだって……ぼくとからかさのお化けは、よく話が合うんだ。お互いに理解し合ったんだ。ぼくも本当のことを言うと、カーテンの上の霊の足音をやったことがある……」

瀬尾の頭の中で、だんだんと康男の言葉が具体的な図柄をとりはじめていた。

「そのあとから、からかさのお化けとはどんな約束をしたんだい」

「ぼくが招待してやれば、東京にも遊びに来るって言ったんだ。からかさのお化けは、本当は雀のお宿の竹藪から出てくることが出来ないんだ。でも、ぼくが呼んでやれば別なんだよ。からかさのお化けに、ぼくの部屋を貸してやったんだ……」

それで、康男の部屋の窓から人影が、瀬尾と康男の母親の営みを覗いていたのだと、はじめて納得がいったのだった。

そうだったのかと、瀬尾は雷に打たれたように感じたが、表情には出さなかった。あのとき覗かれていたことだけは事実だったのだ。

「ずいぶん、からかさのお化けと仲良くなったんだね。お化けと仲良くなって、なにをするつもりだったんだね」

「ぼくが石をぶつけたあの男のことを知りたかったんだ……からかさのお化けは、なんでも知っているんだ」

「からかさのお化けは、なんて答えたんだい」

「アイツは水の中で、くらげになっているって……重しをつけられたくらげは、浮いてこられないから大丈夫だと言っていた……アイツがくらげになったのは、ボクのせいじゃないから心配するなって、ぼくの頭を撫でてくれたんだ……からかさのお化けはいいヤツなんだ。ぼくの頭を撫でては、坊主、おまえは可哀そうなヤツだ、一生懸命に勉強して大学に行けよ、学費は心配するな、舌切り雀のつづらの中に宝物が一杯入っているなんて言うんだ。おかしなヤツだよね……だから、ぼく嫌だったけれど、アイツの頼みを聞いてやったんだ……」

康男がまた言いにくそうに、ズボンの膝をこすった。それが、彼が一番言うことを躊躇(ためら)っている問題のようであった。

「どんな頼みを聞いてやったんだ」

「からかさのお化けね……アイツ今までにとんぼのおつながりをしたことがないんだって……いつも、窓かけの外から見ているだけだから、やってみたいんだって……だから、ぼくが、やらせてやるって約束したんだ……さっき、ぼく……女のひととおつながりをする約束をしたって言っただろう……だけど、あれは、本当はぼくがやるんじゃないんだ……からかさのお化けがやるんだよ……」

「からかさのお化けに、させてやるって約束したのかい。でも、女のひとのほうはなんて言うかな……お化けが相手じゃ嫌だと言うかもしれないぞ」

瀬尾は、わざと冗談めかして喋った。彼にはなんとなく、康男がこれから口にすることがわかっていた。それは、瀬尾がどうしても認めたくない恐ろしい事実だった。

「大丈夫なんだ。ぼく、その女のひとのことを騙（だま）したからね……ぼくが、雀のお宿のことで知っていることはなんでも話すから、そのかわり、おつながりの真似をさせて欲しいって言ったんだ……最初、ぼくの頬っぺたを叩いて、子供のくせになんてことを言うのって怒ったけれど……そうね、お母さんのことが憎らしいのね、女のひとのことを憎んでいるのね、いいわよ、あたしを裸にして、復讐したつもりになりなさい。立派な教育効果があるわって笑ったんだ……先生、教育効果って、なんのことなんだい」

康男が瀬尾の顔を無邪気に覗きこんだ。瀬尾は、ふと、目の前の康男のことが、丹精した糊（のり）をついばんでいる小憎らしい雀のように見えた。

彼は、康男の舌を、大きな鋏で切り取ってやりたい衝動に駆られた。

康男の言葉は間違いなく、からかさのお化けとおつながりをさせる約束をした相手の女が野田教師であることを示していた。

《野田厚子は一人前の教師ぶって、康男に裸を見せようとしているのだ……それがどんなに残酷で危険なことか、少しもわかっちゃいない……馬鹿なことはやめるんだ！》

瀬尾は立ち上って怒鳴り出したい気持だった。

「先生、やっぱりからかさのお化けとあんな約束をしちゃいけなかったのかな……」

「当り前だ！　その女のひとというのは野田先生のことなんだろう」

康男が、瀬尾の言葉を肯定するように下を向いた。

「どこで、からかさのお化けとおつながりをさせるって約束したんだ」

「ぼくの部屋だよ……お母さんはいないんだ……六時には野田先生が来る……からかさのお化けは、ぼくに霊の足音になって、窓の外から覗いていろって言ったけれど、きっともう始めちゃっているよ……」

康男が恨めしそうに、瀬尾の腕時計を覗きこんだ。

12

「先生、ここから登るんだ」

康男が弾んだ声を出していた。康男にとっては、すべてがまだ遊びの中のようであった。

瀬尾のほうはすでに緊張で口の中が乾きはじめていた。

野田教師の白い下半身が露わになって開いている風景が、もうはっきりと目の前に浮かんでいるのだった。

「先生はそこから登るのは無理だよ」

瀬尾は今にも壊れそうな樋を見上げた。木造の家は、年月が経って古くなっていた。モルタルはひび割れており、大人の瀬尾が樋を伝って二階の窓のところに登るのは難しいことのように見えた。

　康男の二階の部屋を覗くための、大きな柿の木のようなものを想像していただけに、子供たちがじかに登ることがひどく不思議に思えた。

　子供には子供の世界があり、身長一つとっても、子供の世界ではすべて周りのものを見上げていて、いつも威圧感を感じているという心理学の説明を思い出した。

　子供と同じように世界を見るのはもう不可能なのだ。もし、それが出来るとしたら、それは子供と同じ身長を持った人間だけなのではないか。

　それは誰なのか。

「先生、物置から梯子（はしご）を持ってきてやるよ。からかさのお化けは、もう野田先生とおつながりをはじめているかもしれない……」

　康男が瀬尾を引張ると、敏捷（びんしょう）に物置小屋のほうへ連れて行った。物置には古い木製の梯子が置いてあった。

　梯子を見た瞬間、瀬尾は自分が覗きという、忌わしい別の世界へ走りはじめているのを感じていた。

　今からなら、まだ……間に合うのではないか……。

　このまま梯子を置いて、なにもかも見ずにすませばよいのではないか……。

〃見る〃ということは、瀬尾自身が、あの二階の部屋でおこなわれている風景の共犯者になることであった。見なければ、なにもなかったことなのだ。見てしまえば、すべてが現実の世界の出来事になってしまう。引き戻すのだ。なにも知らなかったことにするのだ。

瀬尾は自分に言い聞かせながら、一方では好奇心がどうしようもなくふくらんで、激しい興奮に変ってゆくのを感じていた。

梯子を持ちながら、その手が震えているのだった。

むしろ子供の康男のほうが落ち着いていた。物音を立てずに梯子の足場をさがしていた。

「先生、このからかさをかぶるんだ……霊の足音になるんだから、絶対に声を出しちゃ駄目だよ……」

康男が、柄のない壊れたからかさを、瀬尾のほうに差し出しながら言った。

それはただ子供が遊びのルールを説明しているだけではなく、瀬尾に、傍観者以外の立場をとってはならないと強く念を押しているようでもあった。

康男がやもりのように、樋を伝って白いモルタル塗りの壁を登ってゆくのを見て、瀬尾もおそるおそる梯子を登りはじめた。

康男もいつのまにか、からかさをすっぽり頭からかぶっている。瀬尾も窓にとどく前に、からかさを頭からかぶった。目の位置のところに、大きな穴が二つうがってあった。

からかさをかぶったことで、瀬尾は大胆になった。自分のほうは隠れているのだという意識が強く働いていた。

二階の出窓の手摺(てすり)に摑まり、部屋の中を覗くのは容易だった。

カーテンの割れ目から、すぐに部屋の風景が瀬尾の視界にとびこんできた。

それは奇怪な風景だった。部屋の中でなにが行われているのか、瀬尾にはすぐ理解出来た。

畳の上に、野田教師がブラウスを着たまま、下半身を露出して大きく脚を開いていた。スカートとパンティがすぐそばに乱暴に投げ出してあった。その脚を開いた野田教師の上で、半分閉じたからかさがまるで本物のお化けのように動いていた。

明らかに上半身が、大きなからかさの中にすっぽりと入ってしまうほどの人間が、野田教師を犯しているのだった。

瀬尾は一瞬、もしかしたら、子供が野田教師を犯しているのではないかという不安に駆られた。

瀬尾のその疑問を消したのは、からかさが大きく動くたびに、その下から見える大人びた体だった。

それは中年のたるんだ皮膚であり、なにか毒々しいまでの大人のセックスだった。

瀬尾は、どこかで見たと思った。

A温泉の湯舟の中で立ち上った番頭の、子供の大きさしかない脚のあいだで揺れていた、あの黒々としたセックス……。

あの番頭はどの時点で、康男たち親子と結びつき、ここまで黒い影を二人の上に落すようになったのか……。

部屋には、康男の机の上の勉強用のスタンドがついているだけだった。

その明りが、からかさの影を本物のお化けのように畳の上に大きく映し出している。

野田教師はなぜ逃げ出さないのか。かりに康男とおつながりの約束をしたとしても、それはただの真似事だけだったのではないか。薬でも嗅がされたか飲まされたかしたのだろうか、それとも瀬尾とのことを脅かされたのだろうか。

彼女は目を閉じ、窓のほうに苦しそうに顔をねじまげていた。眉根のあいだに深い皺が刻みこまれ、開いた唇から、強い息が洩れているのがはっきりとわかった。

もしかしたら彼女は快感を覚えているのではないか。瀬尾の全身に、嫉妬とも怒りともつかない感情が溢れそうになった。なにか強いものが彼を突き動かしていた。

《許せない！》と彼は思った。瀬尾は、今すぐに大きな鋏が欲しいと思った。

それがあったら、躊躇なく窓の向うに行き、からかさの下で動いている猥褻なセックスを切り落せるものを……。

「康男、きみは、あんなことを野田先生にさせるとお化けに約束したのか！　すぐにやめさせるんだ……先生が、お化けのおちんちんを切り落してやる……こんなものを見ないで、すぐに下に降りるんだ！」

瀬尾は大きな声を出していた。

野田教師の白い腰と脚が、またせりあがるように見えた。からかさの下から伸びている男のごつごつとした手が、野田教師の鮮烈なまでに白い腿をしっかりとおさえていた。

「先生、おちんちんを切るのはいけないよ……ぼくはこわいんだ……むかし夢を見たんだ……血だらけの鋏を見たんだ……お化けのおちんちんを切るのはやめてよ！」

康男が突然、悲痛な叫び声をあげた。それは、長いこと心の中でおさえてきた秘密の部分をふいに触られて、一度に爆発させたような感情のほとばしりだった。

康男が窓枠から手を放して、瀬尾のほうに飛びかかってきた。瀬尾にはそれが只の子供の力ではなく、悪魔の力に思えた。

明らかに、狂気に似た過去の亡霊が、瀬尾の教え子の小学生をとらえていた。

瀬尾は、梯子が大きく傾き、ついで自分の体が地上に投げ出されてゆくのを、ゆっくりとしたスローモーションの世界のように感じていた。

13

瀬尾は病室のベッドの中で、不自由なからだをもてあましていた。ギプスをした片脚が宙に浮いている。

康男の母親が面会に来たと聞いて、緊張でからだを硬くした。

最初は、花束でも持って見舞いに来たのかと思っていたが、康男の母親の思いつめたような表情を見て、不吉な思いにとらわれた。

自分が二階から転落して病室にいるあいだ、すべての事態が宙に浮いて止まっていてくれるようにと願っていたのに、すでに破局が訪れてしまったのではないか……。

「先生、康男のことでお願いに伺ったんです……」

「康男くんが、どうかしましたか」

瀬尾がせきこむようにして尋ねた。

「あの子には、もう帰る家がなくなってしまいました……どこかの施設で引き取ってくれますでしょうか」

「一体なにが起こったんです」

「あたし……あの子を置いて、しばらく遠くへ行かなければならなくなったんです……」

康男の母親が、遠くを見つめる目になった。瀬尾は、ふと、康男の母親が逃げ出すのではないかという思いに駆られた。

康男の母親に姿を隠されてしまったら、すべての真実が遠のいてしまう。どんなことをしても、いますべてを喋らせてしまわなくてはならないのだ。瀬尾は康男の母親の目をじっと見つめた。

「康男くんには、いろいろ家庭の事情があるようだが……お父さんはもうずっと帰って来られないんですか」

「あの子は可哀そうな子なんです……父親は帰って来ないし……それもこれも、みんなあたしが悪いんですよ……だから先生だけはあの子を見放さないで欲しいんです。不良扱いにしないでくださいな」

「康男くんは感受性に富んだいい子だと思いますよ。少し空想好きなところがありますがね……実際になかったことでも、あったように思いこんでしまう。でも、子供にはよくあり勝ちなことです。お化けと友達になって喋ったつもりになったり……河原で悪者の頭に石をぶつけたつもりになったり……」

瀬尾は康男の母親の反応を仔細に観察しながら、ゆっくりと喋っていた。

瀬尾が、康男の言ったことをすべて子供の空想癖のせいにして、いっさいの教師としての責任から逃れようとしていることも事実だった。

「いいえ、空想じゃありません。あの子が雀の宿の下の河原で、他人さまに石をぶつけたのは本当のことですわ……」

康男の母親が、意外な返事をした。

「それじゃ、あの河原の下流のほうで、若い男の水死体があがったのをご存知なのですか」

「ええ……栗山といって、あたしにまとわりついていた男なんです……」

康男の母親も、今では真実を隠す強い意志が失われている様子だった。

「それじゃ、康男くんの言ったことはすべて事実なのですか」

「あの子がどんなことを喋ったのか知りませんけれど、河原で栗山の頭に石をぶつけたのは事実です」

「では……康男くんがその男を殺したのですか」

「どういうことになるんでしょうか……あたしたちは倒れた栗山を置いて逃げ出したんです。栗山はすぐに乱暴をする男ですし、あたしたちのほうが追いかけられていたんです」

「あなたは栗山となぜ知り合ったのです。あの家の立退きを迫る連中が寄越した男なんですか」

「そうなんです。最初は偶然のような振りをして、デパートであたしの荷物を持ってくれて、食堂で御馳走してくれたり、とても親切だったんです。二度目に会うのを強引に約束させられて、ずるずるとラブ・ホテルにまで行くようになって……家には絶対に入れないようにしていたんですけれど、康男のいない時に入りこむようになりました。それから、あたしに家を売るようにとしつこく言いはじめたんです……あの男は職もないし、あたしにまとわりつくのが仕事だったんでしょう……」

康男の母親が自嘲的に唇を歪めた。

「どうして思い切ってお売りにならなかったんです。条件はよかったんじゃありませんか」

「家を売れば、売ったお金は栗山にとられてしまいます……もし康男の父親が帰って来た時に、あたしが勝手に処分してしまっては申し訳ないと思ったんです……」

「しかし、ご主人の七年目の失踪宣告はもうすんでいて、遺族の方たちで、あの土地と家の処分は自由に出来るのだと聞きましたよ。マンション側の弁護士が来て、康男くんのためだから教師のぼくにもそうすすめるようにと言ってきたんです。ぼくにも、あなたがどうしてもあそこを売りたがらない訳がわかりませんね。弁護士の話では、たしか、あそこに新しく建ったマンションの部屋がいくつも、あなたと康男くんの名義になって、将来、学費や生活費に不自由するようなことはなくなるのだと言っていましたが……売った金を現金で渡すということではなかったようですよ」

瀬尾は、余計な問題にまで口をはさんでいるなと思いながら喋っていた。

「栗山も先生と同じことを言いましたわ……家と土地を売らないのは重大なわけがあるからだろう。ええ、あの男はゆすりで、たかりなんです。いろんなことを匂わせて、あたしを脅迫しました……売りたがらないのは特別のわけがあるんだろう、誰にも喋れないわけがあって……」

康男の母親は、憑かれたような目で喋り続けていた。

一瞬、瀬尾の背中に冷たいものが流れた。

「で……どんなわけがあるのだろうって栗山は脅迫したんです」

瀬尾は、なにげない口調で質問した。康男の母親は答えなかった。緑色のタイトのスーツの背中を見せると、瀬尾のベッドの横に崩れるようにひざまずいた。

「栗山とデパートで会う前でしたかしら……主人の兄だという男が突然訪ねてきました。二年くらい前のことです。失踪した主人に大阪で会ったというんです。そして、お前の亭主は一生、この家に帰るつもりはない、だから自分に、この家もなにもかも渡せと言うんです。とても虫のいい話でしたわ……家だけではない、あたしも息子もその男のものになれって言うんです……ちょうど康男が学校に行っていて、あたし一人の時でしたけれど、その男は、その場であたしに暴行しようとしました。俺はこんなことはしたくないんだ……でも、弟のおまえの亭主に頼まれてやることなんだって、うそぶいてました……」

「あなたは、その男の言うとおりにしたんですか」

「すればよかったのかもしれません……でも、あたしにはどうしても出来なかった……断固としてはねつけました。あたしを畳の上におさえつけ、脚のあいだに無理やり顔を入れようとしたから、思い切って投げとばしたんです。……とても嫌らしいんです。見ただけでもゾッとしましたわ……」

「あなたは今、その男を投げとばしたって言いましたね」

「ええ、そうです。先生もご存知でしょうけれど、その男、康男くらいの背丈しかないんです。力は強かったけれど……いざとなったら投げとばせますわ」

瀬尾の目の前に、康男の母親に手荒く拒否され、投げつけられている中年の小さな男の求愛の姿が浮かんだ。そして、なぜかふいに、彼に対して強い同情の思いが湧いてきた。

「そのひとは、本当にご主人のお兄さんなのですか」

「わかりません……結婚式の時には、そんな男は出席しませんでしたし、主人からもああいう兄弟がいるなんて聞いていなかったんですもの……でも戸籍には宅一っていう名前があるんです。主人は、宅一はずっと前にブラジルに行ったまま音信不通だと言っていましたけれども、その男の言っていることは嘘だということだけは、はっきりしていました。……主人が、その男と大阪で会うわけがありませんもの……」

瀬尾がその理由を質問する必要がないほど康男の母親の口調は断固としたものだった。

14

「あなたはその男を、警察に突き出そうとは思わなかったのですか」

「ええ、その時あたしが強く断ると、諦めておとなしく帰っていったんです。でも、一カ月に一度とか二カ月に一度とか、ふっと電話をかけてきては、おまえの亭主に頼まれている、俺はおまえの亭主の実の兄の宅一なんだから家に入れろという意味のことを言うんです。それに……弟はもうおまえのからだを慰めてやることは出来ないんだ、代りに俺が上手にやってやるから心配するなとか、気持の悪いことをネチネチと言うんです。あたしはすっかりノイローゼ気味になっていました。ですから栗山に会った時は、内心ほっとしたんです。栗山はあたしよりも十も年下でしたけれど、とても頼り甲斐のある男に見えたんです。ある時、栗山があたしを温泉に誘ってくれました。そこが舌切り雀の宿だったんです。その温泉で、番頭をしている、主人の兄だという小さな男に会ったんです。向うはあたしを見て、ニヤリと笑いましたわ……」

「康男くんも一緒だったんですか」

「いいえ、その時は栗山とあたしだけでした。あたしは最初、主人の兄の宅一という男に会って吃驚しましたけれど、だんだん気持が落ち着いてくると、何度もかかってくるあの嫌らしい電話から逃れるいいチャンスだと思いました。栗山に、主人の兄の宅一を脅かして、二度とあたしの前に現われないようにしてほしいって頼んだんです。この頃はもう、栗山が悪い男で、前に刑務所に入っていたこともわかっていましたので、逆に役に立つと思ったんです」

「栗山はご主人のお兄さんの宅一を脅したんですね」

「ヤツを河原へ呼び出してすべて話をつけた、今後、二度と口出しをさせないようにしたと威張っていましたけれど、それはみんな嘘だったんです。栗山は宅一を脅かすどころか、宅一にこき使われていたんですよ。栗山をあたしに近づけたのは宅一だったんです……」

「どうして、そのことがわかったんです」

「栗山が夜、あたしをおさえつけておいて、宅一にさせたからです……最初のうちは栗山にキスされていたのでわかりませんでしたけれど、そのうち、二人がかりでしているのがわかりました……当り前でしょう、あたしは夢中になっているようで、意外と醒(さ)めているんですよ」

康男の母親が、他人(ひと)のことのように喋っていた。

「栗山と宅一とが共謀(ぐる)だったというんですね」

「共謀なんていうもんじゃありません。刑務所の中でも一緒で、男同士の恋人だったんです……宅一が東京に出て来て、得意そうになんでも喋りましたわ……栗山は俺の言いなりなんだ。あの男はもともと女なんて好きじゃない。おまえのことも俺の命令でイヤイヤやっているんだ。おまえは栗山に俺のことを殺せと言ったな。だが、そうはいかないんだ、俺達は一生おまえのそばにいて苦しめてやるって言うんです……主人が帰る日まで、あたしのそばで二人で見張っているんだと言うんです……」

「警察に相談すればよかったんだ……」

「康男が可哀そうでした……ですからあたし……今度は宅一のほうに栗山を遠ざけてほしい、そうすれば宅一だけのものになると言ったんです。宅一は察しのいい顔でニヤリと笑いました。それじゃ栗山をバラせと言うんだな、おまえは恐ろしい女だ、だがそれもいいだろう、アイツもそろそろ邪魔になってきている。ただ、消すにしても上手に消さなければならないからな、俺にも考えがある、そう易々とはおまえの手にはのらないぞって凄味のある顔で笑いました。先生、あいつは悪魔です……なにもかも考え抜いていたんです……康男のことも、うまく巻き込むつもりだったんです……」

「康男くんがどうしたというんです」

「だって康男にお化けの話をしたり、へんな詩を覚えこませたりして手なずけていたじゃありませんか。とにかく康男に、あたしが栗山に脅かされていると信じこませました。康男はもともと、子供心に栗山のことを嫌っていたんです」

「宅一だけではなく、あなたも康男くんにそう思いこませたのではないんですか」

「とんでもない、康男は宅一に吹きこまれたとおりにしました。お化けの命令だと言って、橋桁のコンクリートの台の上に乗って、大きな石を栗山の頭に力一杯ぶつけました。ゴツンと凄い音がして、栗山は河原の上に倒れました。あたし、栗山を一度は抱き起こしたんです。あたし栗山のことは憎みきれなかった……栗山はまだ生きていましたわ……死んじゃいないかったんです。でも、宅一の言うとおりに、康男と一緒に逃げました。あとはからかさをかぶったお化けの宅一が全部やってくれることになっていたんです。宅一は栗山の体に重しの石をつけて川に沈めました。そして、あたしには、康男が栗山を殺した、康男が殺したぶんには小学生のやったことだから、俺達の罪にはならない、安全なのだと言いました。そのくせニヤッと笑って、栗山はまだ死んではいなかったんだぞ。おまえのことを恨んで、名前を呼んでいた。それを俺が川に沈めてやったんだ。おまえのおかげで俺も人殺しになった。おまえは共犯者だ。息子を犯人にするか、自分が刑務所に行くかどっちかだって笑うんです」

「かりに、康男くんが栗山に石をぶつけたとしても、あなたたち大人に責任があるんですよ」

「そうなんです……わかっています……康男だけは犯人にしたくないんです。悪いのは宅一です。だから……さっき、あたしは宅一が二度と歩けないようにしてきました。もうあの嫌な声で笑うことも、脅かすことも出来ません。あの男が生きていれば、一生、康男が脅され続けます……」

「あなたは……なんということをしたんです。宅一はご主人のお兄さんだったんでしょう。あの男は、本気で康男くんのことを可愛がっていたんですよ」

瀬尾はそこまで言って、もう言葉が続かなかった。

康男の母親は嗚咽をあげているのか、喉を鳴らしながらベッドの上の瀬尾の足もとに顔を埋めた。

「あたしはこれから警察に行きます。康男のことだけはお願いします」

「わかりました……でも、ご主人のことだけは本当のことを教えておいてください。康男くんのお父さんは実際に失踪されたのですか、それとも……」

「それとも……なんなのですか」

康男の母親の嗚咽が、ふっと沈黙に変っていた。

「栗山や宅一が脅していたのはどういうことなんです。康男くんのお父さんは……もしかしたら……ずっとお宅の家の下にいたのではないんですか。宅一たちは、あなたがご主人を床下に埋めていると脅迫していたのではないんですか。窓かけの上の霊の足音というのは、床下に埋まっているご主人のことなのじゃないんですか。康男くんも、なんとなくそう感じているようですよ」

「あの子までが……そんなことを言っているんですか……先生だって、前からあたしを疑っていたんでしょう。あたしがあの土地を売らないのは、主人を埋めているせいだと思っているんですね……あなた方がみんなでそう思うのなら、主人はあそこに埋まっていますよ……あたしがさっき宅一を、どうやって殺してきたかわかりますか」

瀬尾は、ぱっと毛布をはがれたのを感じた。康男の母親が、瀬尾の寝巻の裾(すそ)を乱暴にひろげた。瀬尾はギプスをされたまま、身動きが出来なかった。

「なにをするんです」

「先生……あたしは宅一のあそこを鋏で切り落してきたんですよ……宅一だけじゃない。あたしを裏切って他の女と寝るような男のあそこはみんな切り落してやった……」

瀬尾は、裁ち鋏の、シャキッ、シャキッという金属性の音を脚の間に聞いた。康男の母親が、瀬尾の体毛を怒ったように刈り取っていた。

瀬尾はそろそろと顔をおこした。

康男の母親は、大きな裁ち鋏を実際に手にしていた。鋏にはどす黒い乾いたものがこびりついていた。瀬尾は一瞬、眩暈を感じた。

その裁ち鋏では、どんなものでも一瞬のうちに切り落せそうだった。

まして、瀬尾の柔らかなからだの一部を切り落すことは簡単な作業だった。

瀬尾は、今までに味わったことのない悪寒を感じた。康男の母親はすでに狂っていた。今しがた男のからだを切った裁ち鋏をもてあそびながら、ときどき、妙な笑いを口もとのあたりに浮かべていた。

「ご主人のも、あなたが切り落したんですか」

瀬尾は必死の思いで質問した。

「ええ、妻のあたしが切ったにきまっているじゃありませんか。血が噴き出して凄かった……ぐでんぐでんに酔っ払って帰って来たのを、手と足を縛ってお仕置のつもりで切る、切ると脅しているうちに、本当に鋏を持った手が動いてしまった……康男がまだ二つの時だった……起き出した康男が部屋の隅で、あたしたちのことを見ていたっけ……でも、あの子が覚えているはずはないわ……」

「いや、それが覚えているんです。康男くんは図画の時間に、舌切り雀のお婆さんが、大きな雀のセックスを鋏で切っている絵を描いているんですよ。雀のセックスからは血が噴き出していて……そばで小さな子雀が、涙をこぼしながらそれを見ているのです……あの子は一生、そのことを考え続けますよ」

「先生のも切ってしまえば、主人を埋めたことがわかるはずがない……」

「いや、康男くんが覚えていますよ。あの子がいつか、かならず思い出して皆に喋る……」

「ああ、そうね……あの子があの晩のことを覚えているんじゃ、なにをしても無駄ね……警察に行って、埋めた主人のことも話してこなければ駄目でしょうね……」

康男の母親が、素直な子供のように喋っていた。

「先生、康男のことはお願いしますね……とてもいい子なんです……」

康男の母親が一瞬、母親の声を取り戻すと、ふらふらと立ち上った。

床の上に乾いた血のこびりついた大きな裁ち鋏を置いたままだった。

康男の母親は、もう瀬尾のほうを見なかった。

視線が焦点を失って、彼女が完全に狂気の世界に足を踏み入れていることを示していた。

康男の母親が部屋を出て行った瞬間、瀬尾は助かったと思った。

康男が二歳の時の記憶を絵に描いたというとっさの嘘が、自分を救ったのだと思った。

さもなければ、いま床の上に置き去りにされている大きな裁ち鋏が、今度は瀬尾のセックスの血を吸ったはずだった。

強い虚脱感が瀬尾を襲い、心の隅で、あのまま康男の母親にセックスを切り取られて死んでいたほうが、面倒くさくなくてよかったのではないかと思っていた。

瀬尾の目に、その大きな裁ち鋏が、だんだんと雀の宿の錆びた大きな糸切り鋏と二重映しに重なっていった。

瀬尾は現実の恐怖とショックからほんの瞬間でも逃れるために、自分自身を、舌を切られそこなった童話の世界の小さな雀のように感じていた。

月世界の女

高木彬光

1

冷たい月の光には、人の心を狂わせる魔力がひそんでいるという。いやそれよりも疑いもなく美しい若い女の瞳には、男の胸を惑わせる怪しい光がこもっている。だがこのようにふしぎな会話の一節は、いったいどのように説明すればよいのだろう。

「わたくしね、月の世界で生まれましたのよ。しばらく下界に天降って、こうして住んでおりましたが、まもなくまたもとの生まれ故郷に帰らなければなりませんの……」

「なんですって……」

私は驚いて思わず女の顔を見つめたのだ。

皓々といま眼の前に音もなく降りそそぐ、青白い月の光が、女の心を狂わせたのか、いやそれよりもこの女の、世に珍しい美貌と気品が、私の心を惑わせて、ありもせぬ言葉を耳にひびかせたのか。それとも女の機知か、たとえか、言葉の綾か……。しかし決して、これはそのいずれでもなかったのである。それから二日後の明月の夜、女は私たちの眼前から、煙のように消え失せた。身につけた地上の衣を、月下の芝生に残したまま、何一つ手がかりさ

え も残さずに……まさに竹取物語のかぐや姫が、ふたたび地上に姿をあらわしたのかとさえ思われた。

それは昨年の秋のこと、私が相次ぐ犯罪捜査の疲労と、その記録の筆をとるのに飽きが来て、しばらく都を離れ、中禅寺湖のほとりに近い、紫峰ホテルに滞在している間の出来事だった。

このような山間の湖畔では、秋の訪れもたしかに早い。暦ではまだ八月の末というのに、朝夕広い湖水の水面には、乳のような淡い霧がほんのりとただよっている。夕べともなれば草の間一面に、きりぎりす、こおろぎの声が早くも聞こえるのだ……。

東京の中でさまざまの俗事に追いまわされて、うんうん唸っているときは早くこの煩わしさから解放されたいなどと考えていたが、やはりこうして離れてみると、私のような生来の都会人には、東京が何といっても恋しいのだ。自然よりも人間の社会がいい、平和に無為で過ごすより、兄や親友神津恭介といっしょに、犯罪捜査に飛びまわっているほうが、ずっと私は生きがいを感ずる……。

そこはかとなく、このような考えに胸をおどらせながら、糠雨の霧のようにしとしとと降りそそぐ日、ホテルのロビーで見るともなしに、外国雑誌のページを繰っていた私の前に、突然姿をあらわしたのがこの女だった……。

濃い藤色の和服をすらりと着こなして、化粧も薄く白粉を一刷毛はいているだけだったが、その天然の色白さは、ふしぎな気品を示していた。眉もやわらか、眼も黒く澄み、心もち面長の、楚々たる物腰、だがその全身からは、眼に見えぬ霊気が放射されているよう……男をある程度までぐっと引きよせて、それからはどうしても近づかせぬような、この世のものならぬほのかな香気……古の詩人は、こんな女のことをいみじくも、仙娥といった……。

だがそれに比べて、そのわきに立つ女の何と現実的であることよ。背格好はほとんど同じぐらいだったが、眼鏡をかけて洋装で、ズボンのポケットに両手をつっこみ、煙草をくわえて、男のような太い声で話している。

私はとたんに夢を破られた。

二人はボーイにトランクを提げさせて、右手の客室のほうへ去って行ったが、私は持ち前の好奇心が、そのとき心の中にむらむらと湧き上がってくるのを感じたのである。

「君、ちょっと……」

私はちょうどそのとき、わきを通りすぎた、ホテルのマネージャーを呼びとめた。

「いま来られた女の方は、どういう人だね」

「もうお目にとまりましたか……」

マネージャーは、眼を上げて、二人の跡を見送りながら私の耳に囁いた。

「元子爵、竹内さまのご令嬢で月子さま。もう一人はお友だちの……」

もう一人の名などは、実はどうでもよいのである。私はそれ以上何も聞いてはいなかった。なんとはなしに、軽い溜息をもらしながら、私はこの高嶺の花とでもいうような、女の美しい後ろ姿を、いつまでも見送っていたのだった。

なんとかして、この美しい女性と近づきになりたいものと、私はその機会をそれとなくうかがっていた。いや勿体（もったい）ぶるのはよしにすると、私はこの女性に、生まれてはじめての恋心を覚えたのである。

だがふしぎなもので、その機会は、意外に早く訪れた。そのとき、後ろから私の肩をたたいた男がある。このホテルにいつあらわれたのかは知らなかったが、軍隊当時にいっしょだった石上晴彦（いしがみはるひこ）という男で、学習院出身の御曹子（おんぞうし）、ただその女性的な言葉づかいと物腰から、当時人呼んでお嬢中尉、または略して「嬢や」もしくはタオヤオという。

「松下君、久しぶりですね。その後は、いったいどうしているの……」

「おや、君もこのホテルに滞在していたのかい。まあ、かけたまえ。僕はこのごろでは、しがない売文業者になりさがって、専門の科学なんどはそっちのけ、もっぱら原稿用紙のマスを字で埋めて生きているよ。君は……」

「高等ルンペン、親父がパージにかかってね。まあ食えるから、こうしてぶらぶらしているというわけなのさ」

なるほど、彼の父はむかしは政界の相当の地位で羽振りをきかしていたという。彼ならば、あるいは伝手（つて）があるかもしれない……。

「あのね、君は学習院の出身だったね。元子爵、竹内氏のご令嬢という人を知っているかね」

「ああ、とても美人でね。それが……」

「その人がいまこのホテルへ……来られたんだが……ちょっと紹介してくれないかね」

彼は私の心を見すかしたように、意味ありそうな笑いをもらした。

「君も小説を書きだしてから、すっかり隅に置けなくなったね。僕でよかったら、いくらでも犬馬の労をとってあげるが、ただ一つ約束してもらいたいことがあるよ」

「それは何だね」

「あの人の前で、月――お月さまの話をしないこと。これがただ一つの条件なんだ」

「なんだって……」

私は何だかばかにされているような気がした。

「あの人は、月の光を見ると、いつも、思いに沈むのだそうだから……」

「それは女性にありがちのセンチメンタルだよ」

「いや、ところがそうじゃないらしいんだ。別に金色夜叉のような事件があったわけでもなく、これまでいくつかあった縁談も、ぴしりぴしりとはねつけて、非常に聡明で理知的なのだが……君、満月恐怖症という精神病でもあるかしら」

「というと……」

「なんでもお母さんが受胎したときに、満月を口から飲みこんだ夢を見たというので、それで月子という名をつけたそうだが……半年ほど前の満月の夜に、あまりめそめそ泣いているので、両親が驚いてしまってわけをたずねたら、その答えが何とこういうんだそうだ。……実はこのわたくしの体は、ほんとうはこの世の物でないのでございます。わたくしは月の世界の女なので、何かの因縁によって、この世に遣わされたのでございましょう。わたくしはもう帰るときになりましたので、わたくしの郷里の人びとがわたくしを迎えにやって参ります。ちっともうれしくはございませんが、わたくしの心ではどうなるものでもございませんから、どうしても参らねばなりません。……こう言ってさめざめ泣いたのだそうだよ」

さすがに私も驚いた。これではまるで、竹取物語のかぐや姫の言葉さながら……フロイトにも、精神病の文献にも、こんな例はぜんぜん見たことも聞いたこともない！

「君、それでもあの人に会いたいかね」

「そんなことには驚かないよ。僕は科学者で、医者でそのうえ探偵小説家だ。人生と自然の謎を解くのが、天職なんだから、その満月病の秘密だって必ず解いてみせるから……」

「恐ろしい元気だが、ミイラ取りに失敗するとミイラになるよ。今月今夜のこの月は……などということは言わないでくれたまえね。ではお供しましょう」

このようにして私は、彼とともに、月世界の女——竹内月子のもとを訪れたのだった。

2

「まあ、石上さんじゃないの。あんたもここへいらしってたの。そんなところに、まごまごしてないで、おはいいんなさいよ。そちらのお方は……」

扉を開いた眼鏡の女史の、これががらがら声の第一声であった。

「失礼します。珍しいところでお目にかかりましたね。ところでこちらは僕の友人で、探偵作家の松下研三君、こちらは竹内元子爵令嬢の月子さん、こちらはそのお友だちの白鳥久子さん……」

「ちょっと待ってよ。そんな失礼な紹介の仕方がいったいあるかしら。これだから学習院出身はいやになるわよ。いくらこちらが元平民だって、元子爵をそんなふうにくっつけなくたっていいじゃないの」

私はこの女には震え上がった。だがその背後で、にっこりほほえんで、こちらに一礼した女は何という美しさであろうか。これが精神病者だろうか。ぜったいに、ぜったいにそんなはずはない！

彼も久子を相手に、何かしきりに話していたが、舌端火を吐く女の猛襲にこのタオヤオはたじたじの体であった。

「まあ、お二人ともお疲れでしょうから、僕たちはこれで失礼します。また夕食のときでもごいっしょに……」

月子は軽くうなずいたが、久子のほうはあくまで頑として首をふった。

「だめだめ、月子さんだけ行ったらいいわ。わたくしたちは、このホテルでは、ぜったいに単独行動を取るってお約束したんだから……刺身のツマあつかいにされるのはごめんよ」

私たちはロビーに引き返して来たが、彼はしきりに首を振っていた。

「なんだね。あの眼鏡の女史は――」

「おかしなものでね、あれでいて無二の親友で、影の形に添うように、どこへ行くにも離れないんだ。あの女史は元子爵の元家令の娘でね、いわゆるむかしのご学友さ。ところが頭がいいんで津田なんかへ行っていくらか赤にかぶれてあのとおり、どうも女の学問なんていかんもんだよ……それからね、これは秘密にしておいてもらいたいんだが、何でも実は、彼女は元子爵のご落胤で、表向き親子の名乗りはできないそうだから、それであああして育てたんだそうだというもっぱらの噂だ……。たしかにそれでひがんでるんだよ。女子と小人は養いがたいからね」

彼はさかんに慨嘆していたが、そういえばこの二人の顔の形にはどことなく似たところがあったのである。

夕方までには、雨はすっかりあがっていた。私たち三人は、ロビーの隣りの食堂で、夕食のテーブルを囲んだが、私の眼は鋭く月子の全身にたえず注がれていたのである。医者としての職業意識が半分に、金石を通す愛の心が半分で……。

だが食事の間には、別にこれという異常は私も発見できなかった。

「月子さんのご趣味は……」

「なんだとお考えになりますの、お芝居ですのよ……」

「ああ、そうですか。どうも先代の羽左衛門が死んで以来、歌舞伎もすっかりつまらなくなりましてね。菊五郎は……」

「松下君、月子さんの好きなのは、新劇なんだよ。学習院のお芝居で、自分で舞台に立ったこともあるんだから……」

私は新劇のことなど何も知らないので、ぼろを出してはまずいと思って、適当に話題をそらしたのである。

だが私はそのうちに、ふしぎなことに気がついた。十三夜の月の光は青白く、大きな窓からこの食堂の中にも、さしこんで来たのだが、その月の光を眺(なが)めている、月子の眼の色が、だんだん変わってきたのである。なんとなく夢見るような、遠い世界にあこがれるような……。

「お庭へ、参りましょう……」

月子はナプキンを捨てて立ち上がると、ふらふらと夢遊病者のような足どりで、ロビーを横切り芝生の上へ歩み出た。

「松下君、ほら、例の月光病が始まったよ。ひとつ適当に診察してあげてくれたまえ」

私は彼を残して、月子を追った。女はベンチに腰をおろし、空を眺めて、何か知れない深い物思いに耽(ふけ)っている。

私がその隣りに腰をおろした瞬間である。この物語の劈頭(へきとう)に述べた、あのふしぎな言葉が、月子の唇をもれたのは……。

私はただ慄然とした。まさかと思う不安と危惧(きぐ)は、いまや事実となったではないか――。

「あの、竹内さん。どこかご気分でもお悪いんじゃありませんか、食欲はふつうだと思いましたが、夜はよくお休みになれますか」

月子は、まだ夢見るような眼で、私をじっと見つめた。

「松下さん。わたくしが気が狂っているとでもお考えなの……わたくしはまもなく、この地上から姿を消してしまいますわよ。ただあなたがわたくしを捜し当ててくださったならば……」

はたと身をひるがえして、月子は呆然とたたずむ私をふり返りもせず、もと来たほうへ走り去っていった。

「どうしたね。松下君、君もどうやら病気が伝染したんじゃないか」

石上晴彦が、私の肩をたたいたのである。

「うん、どうしても気が狂っているとは思えないんだけれど、なんとふしぎな人だろう……」

「だがね、まんいち、君があの人に気があるのなら、よほど気をつけなくてはだめだよ。何しろ、名門で財産家で、美人で気品があるというのだから、狙っている男が星の数ほどいる。あの女史はそのうるさ型撃退係についているのかもしれないよ。きっとあすあたり、狼どもが牙をむいてこのホテルへも押しかけてくるからね……」

私は何か知れない冷たい戦慄を感じないではいられなかった。ほのかな嫉妬に入りまじる、未知の力への底知れない不安の影——満月の夜は、二日の後に迫っていた……。

3

私たちに断然声明したとおり、久子という女は、その後月子とはなれて、勝手な行動をとりはじめた。

朝は遅い。夜はいつまでも起きている。化粧などしているのか、していないのか、わからぬくらい。いつもポケットに両手をつっこんで、ロビーを大股(おおまた)に歩きまわって、煙草をぷかぷか吸っている。部屋の中では、どうしているか知れないが、外では月子の顔を見ると、横をむいて言葉もかけずに通りすぎるのだ。どういう深いわけがあるかは知れないが、それならば、わざわざ旅行先までついで来て、一つの部屋へ寝泊まりしなくてもよさそうなものである。

一方、石上晴彦の予言どおり、月子の愛を獲(え)ようとする男の群れが翌日から、このホテルへとあらわれはじめた。

第一に、若くして大会社の重役におさまっている大倉三郎、金ならば馬に食わせるほど持っているんだと自称しているが、愛情まで金で買えるものと思っているとすれば、これこそ大きな誤算であろう。ただしこれは何も、貧乏作家のひがみではない。

第二に到着したのが、元伯爵大友家の長男で竜男(たつお)という。もとは海軍士官だったというが、外国にも長く行っていたというだけあって、しごく端正な美男子である。ただ欠点をいうならば、あまりにも格式を重んじすぎ、いまでも家名という古い残骸にこだわっていることなので、元子爵の娘が、元平民と結婚などしてたまるものかという考えが、いつも鼻の先にぶら下がっているようで、私には何となく気に食わなかった。

第三が元子爵家の書生をしていて、苦学して高文に合格し、司法界でその将来を嘱望されている、判事の阿部毅一郎、この男と話をしていると、私は何だか妙な親しみを感じて競争意識はすっかり鈍った。法律的には剃刀のような鋭さを見せるのだというが、見たところ、まるで牛のように重厚であって無精髭も剃らずに、バスとソプラノの混じった。奇妙な声で話をするのである。

さて胸に一物をいだいているこういう面々が一堂に会したのだから、表面にこそあらわさないが、かげの駆引は実に大変なものだった。元伯爵と財閥とは、互いに相手の土産の金高を暗算し、悠々と手ぶらであらわれた判事に侮蔑の眼を投げたが、肝心の月子はどうしても受けとろうとはしないので、漁夫の利は横からぷいとあらわれた、久子の占めるところとなった。二人とも、実は惜しかったかもしれないが、将を射るための犠牲として、ちゃんと算盤をはじいていたかもしれないのである。

さてその夜は、呉越同舟のたとえのままに、久子をのぞいた一同が、一つの食卓をかこんだが……。

月の光は青白く、この夜も静かに私たちを照らしていた。またも月子の瞳には、あのふしぎな影が閃いたのである。

「あすはたしか満月ですわね」

呟くような女の声、

「長い間みなさんにたいへんご面倒をおかけしましたけれど、もうわたくしお別れしなければなりませんのよ……」

誰一人、ナイフを動かす者もなかった。

「わたくしあすの晩、月の世界へ帰ります。それでお別れしようと思って、みなさんにこうしてわざわざこんなところまで、来ていただくようにお願いしましたの……」

さてはこの三人は、月子がわざわざ呼びよせたのか。しかしそれにしても、この言葉はどうしたことだろう。

「月子さん、何だってそうしたばかなことを言うんです。あなたはいったい……」

元伯爵が低い声でたずねた。

「ええ正気です。もうこの地上に住んでいるのも今晩かぎり……」

「誰が、あなたを月世界へ連れて行こうというんです」

財閥がいきり立ってたずねたのである。

「月の世界の人たちよ。あなたがたの眼には見えないでしょうけれども、わたくしだけには見えますの。満月の夜には必ず地上に降りて来ますのよ……」

実に雲をつかむような答えであった。

「冗談じゃない。あなたを月世界にやるくらいなら、僕だっていっしょについて行きますよ。あなたのお父さんには、ひとかたならぬお世話になっているんだし、たとえ火の中水の中でも……」

これが判事の言葉であった。

「だめよ。湖水の中へ飛びこむんなら、いっしょについてきていただいてもいいんですけれど、あなたがた地上の人には、月への旅はできません。わたくし一人で参りますわ……」

「でもね、僕たちが力を合わせて、あなたを護衛したならば……」

私も驥尾（きび）に付して、及ばずながら一言をはさんだ。だがそのとき月子はさっと立ち上がった。

「そんなことは、あなたがたのどなたにもできはしません。ただわたくしが月の世界へ帰ってから、わたくしの地上に残した姿をもう一度見つけてくださったら、わたくしこの世へいま一度帰って、その方と結婚いたしますわよ……」

まさに狂人の言葉であった。月を仰いで芝生の上に歩み出たその全身にも、ふしぎな妖気（ようき）がこもっていた。何かある。この狂ったような言葉には何かの深い意味があるのだ。

得体の知れぬ恐ろしさに、心も沈み、私たちは食堂を出た。そのとき私の頭に閃いた光明は――東京に残っている友人の名探偵、神津恭介の名であった。

まもなく長距離電話が通じ、受話器からはおちついた、いつもの彼の声が聞こえてきた。

「松下君、どうだね、そちらの居心地は」

「神津さん、また大変な事件が突発しそうなんですよ。あすの晩、女が一人月の世界へ昇天します……」

恭介は東京で哄笑（こうしょう）していた。癪（しゃく）にさわって赤くなっている私の顔が見えないものだから……。

「神津さん、笑いごとではありませんよ。実はこういうわけなので……」

だがいくら哀願懇願しても、彼はいっこうに冷静だった。

「僕は忙しくって、いまそちらへ出て行くわけにはいかないな。その女は気違いだろうよ」

「神津さん、親友のよしみでこれだけお願いしているのに……あなたは木石ですか。冷血動物ですか。恋をしたことがありますか。一高時代にみんなは、あなたのことを何と言っていたと思います。アイスマン、氷人と言っていたんですよ……」

だがそれで電話はぷつりと切れた。一方満月の夜はその翌日に迫っていたのである。

4

奇跡はついに実現した！　まさしく月子は月光の中に、その美しい姿を跡形もなく消し去った。

その日石上晴彦は、東京へ帰ると言って、このホテルを離れ、久子も朝からどこかへぶらりと出て行って、夜になっても帰って来ない。二人とも、月子のことを、まるで狂人ときめこんでいるような様子であった。

夜にはいって、十五夜の月が山の間から、青白い光を地上に投げはじめると、私たちは居ても立ってもおられなくなってしまった。一方月子は憑かれたように、食事もとらずに眼を血走らせ、わけのわからぬ言葉をたえず口に上せているのである。子供なら一室に閉じこめて、外から鍵もかけられるが、相手が大人だけに、こちらも始末が悪いのだ。部屋へはいったかと思うと、突然外へ飛び出して森の間を歩き回ったり、月光を浴びて銀色に輝く小川の水に顔を映して、何かにやにや笑ったり、とうてい正気の人間のする業ではなかった。後の三人は業を煮やして、もうご免だと言いだして、私だけが夜中近くまで、あちらこちらと引きずりまわされ、すっかりのびてしまったのだ。

そして最後に私たちが、ホテルに帰って来たときだった。入口へはいろうとするとき、外に立っていたボーイが私を呼びとめた。

「松下先生、先生にお目にかかりたいと言って、男の人がたずねてきました。おはいりになっては、と言っても聞きませんで、そのあたりでお待ちしております」

私は立ち上がって、そのあたりを見回したが、そこには誰もいなかった。その間に、月子は入口から、ロビーのほうへ姿を消したが、その間わずか一、二分……。

はっとして、私は中へ飛びこんだ。だが月子の姿はどこにも見えない！

右のほう、月子たちの部屋へ通ずる廊下の扉からは、大友竜男が姿を見せた。二階へ通ずる階段からは、悠然とパイプの煙をたなびかせつつ、大倉三郎が降りてきた。

「月子さんを見ませんでしたか」

私の声はたしかに上ずっていた。誰も答える者はない。みな青ざめて立ちすくんだきり……。

「誰も……」

「どなたも……」

「僕は何も……」

三人の声は同時だった。青白い月の光が、高い窓から矢のように、このロビーへ射しこんで、塑像のように立ちつくす人の姿を照らしだす。

ただ一つ残された可能な通路は……ロビーから芝生へ出る扉だけ。だがそこには中から鍵がかかっていた。私がガラス越しに恐る恐るのぞきこんだとき、私の眼に映ったのは、月子がたったいままで身につけていた、コートと一足の草履だった。それも、一方はあちら片方はこちらにと、二尺も離れて落ちている。だが芝生には何の人影もなく、月光の下、真昼のように明るい庭のはてには丈余の塀が立てられて、その上を乗り越えることなどはぜったいに……。

「まさか庭へ出て、窓から部屋へはいったのでは……」

誰かが低く呟いた。

なるほどそれも決してありえないことではない。私たちはかけよって、廊下のいちばん手前にある月子の部屋の扉をたたいたが、鍵は扉にかかっていない。だが部屋の中には、誰もいない……。

だがその部屋のバスルームで、誰かが入浴している音がする。

「月子さん……」

私たちは扉をたたいた。

「何をするのよ。レディの入浴中に失礼だわよ……」

柳眉を逆立てたような久子の声。

「失礼ですが、月子さんは、そこにはいっていませんか……」

「冗談じゃないわよ。ほんとうにいないの？　ほんとうに月の世界へ帰ったのかしら」

さすがに久子もあわてていた。

阿部判事をまじえ、久子を加えて、私たちはホテルの内外を、虱潰しに捜しまわったが、月子の姿はどこにも見えない。ただ塀の外には、身につけていた着物がそのまま落ちていた。だが塀を乗り越えた跡は毛ほども残っていない……。

捜し疲れてホテルに帰ってきたときは、もう明方も近かった。

「どうする――」

「いまさら、どうしようにも仕方ないじゃないか」

何人首を集めても、文殊の知恵は出なかった。いったいどうすればよいのだろう。

「警察へ知らせようか」

「いや、待ちたまえ、何といっても竹内家は人に知られた名門なんだし、いちおう東京のお父さんのところへ、知らせたうえにしようじゃないか……」

元伯爵の言うことも、今度は筋が通っていた。私のほうは、苦しいときの神頼み、神津恭介を今度こそ是が非でも呼び出して……。

幸いに、私の電話のほうが先に通じたが、何しろ朝が早いので、恭介はいたって機嫌が悪かったのも無理はない。

「どうしたんだね。松下君、ほんとうに天女は月世界に昇天したのかい……」

「ほんとうに昇天してしまったのですよ……」

私は細かに事の子細を物語ったが、恭介は今度もしごくおちついていた。

「松下君、放っておいたらいいよ。死骸が見つからない以上、殺人事件は法律的に成立しないことになっている……」

「法律の問題なら、何もあなたにうかがわなくても、ここに若手の判事がいますよ。いったい僕は一人でどうすればいいんでしょう」

「そんな泣きごとを言わなくても……僕にはたいていこの事件の真相の見当がついているんだ。月子さんも、地上に残った自分の姿を見つけ出した人と、帰ってきて結婚すると言っているくらいだろう。まあ今度は僕の力にたよらずに、一人で捜してみたまえ」

「捜せって、いったいどこを捜すのですか」

「シェルシェ、ラ、ファーム」

「なんですって」

「フランス語で『女を捜せ』というんだよ」

それきり電話はぷつりと切れた。何とまあ、友だちがいのない男だろうか。私は今度こそ、衣食の道を失っても、断然彼と絶交しようと、そのときは決意せずにはおられなかった。

そのうちに、竹内家への電話が通じたが、娘の失踪の話を聞いて、さすがの元子爵も愕然としていた。さっそく大急ぎでかけつけるから、それまで警察沙汰にしないでくれというのである。

そのとき私は、苦肉の策を案じだした。

「あの、こちらでは、一同がいくら首をひねって相談してみても、どうしてもいい知恵が浮かびません。このような怪事件を瞬時に解決できるのは日本中にただ一人、僕の友人神津恭介だけなのです。僕が三拝九拝すると言って、それでも来ないと言ったなら、首にチェーンをかけ、チェーンブロックで引っぱり出してでも連れてきてください……」

5

ところが、待てど暮らせど竹内元子爵も神津恭介も、いっこうにこのホテルには姿をあらわそうとはしなかった。

いやそればかりか、昼ごろになって、ホテルへかかって来た電話では、神津恭介はどうしてもきょうは出られないというので、あすまで出発は見合わせることにした。捜索はみなでよろしく頼むという、元子爵からの電話がかかってきた始末である――。

「どうする――」

「弱ったな――」

私たちはほとほと思案に余ったのである。だが表沙汰にすることは、くれぐれも禁じられている。これではいったいどうしようというのだ。

真っ先に行動を開始したのは、大倉三郎であった。ホテルのマネージャーをつかまえて、

「君、費用はいくらかかってもかまわないから、できるだけの人間を、大至急かり集めてく

れたまえ。集まったら、一隊は山狩り、一隊は湖のほう、一隊は滝のほう……生きていても死んでいても、月子さんの体を捜しだしたものには、三十万の賞金を出すからね……」

まさに財閥の面目躍如たる一言だった。

そのとき、久子がそばからそれを遮った。

「およしなさいったら、何もあんな気違いにそんな死金なんか、使うことはなくってよ。きっと神かくしにあったんだわ……」

「僕もやっぱりそう思うね……」

沈痛な調子で、大友竜男が口を開いた。

「いままでは、僕はあの人を、非常に聡明な人だと思っていたんだが、まるであれでは気違いなんだよ。気違いが何を言おうが、何をしようが、われわれにはぜったいに理解できない。もう百年の恋もさめたよ……」

「男って薄情なもんね。あれほど熱を上げていたのに……あの人は自分の体を捜し出した人と、もう一度この世に帰って結婚するって言ってたそうじゃないの……」

「たとえ、いま眼の前に帰って来ても、結婚なんて、真っ平だよ」

「その薄情なところが気に入ったわ。どう、あたくしと結婚しなくって……」

「とんでもない！」

元伯爵は、椅子を蹴って、自分の部屋へ帰っていった。

「阿部さん、あなたはどうします」

「僕はね、歩いて捜しまわるというのが、いっこうに苦手なもんですから、部屋へ帰って明鏡止水の心境になって、そうして何とか考えだします」

これもたしかに一法であった。久子はピアノにむかって何かの曲を弾きはじめ、友人が行方不明になったというのに、ぜんぜん屈託もないのであった。

さて最後に残された私は……瞬時にして、快刀乱麻を断つような、神津恭介の知恵はなし、金はなし、体力はなし……。

私は私なりの方法でいま一度現場を捜しまわろうと考えた。

密室殺人事件なら、これまで何度もあつかったが、それならば、死体が残っているのだから、犯罪の場だけはすぐに見当がつく。だが月子はどこから逃げ出し、消え失せたのか。

正面の入口から出て来なかったことだけはまずたしかであった。ロビーにどこか、身をかくすくらいのかくれ場所はあるまいかと、一時間ほど捜しまわったが、これも空しく、秘密の通路などぜったいにありはしない。二階へ上がったわけもない。右にも行けず、左にも行けず、庭へ出たと考えるほかはないが……何しろコートや履物（はきもの）が落ちていたから、一度はこちらへ出たのだろうが……だがそこは百坪ぐらいの内庭で、建物と塀に四方を囲まれて、どこにも隙間（すきま）はないのだった。塀の外側に身につけていた着物が落ちていたのを見ると、塀を飛び越えたとしか思えないが、あの時間には、玄関以外の出入口には、厳重な錠が中からかかっていた。そしてあの事件がおこってからは玄関にはいつも一人以上の人間が監視していた……。

久子はピアノの手をやめて、私を憐れむように眺めていたが、私はもう口をきく元気さえなかったのである。

財閥の捜索隊の一行も、手を空しくして、引き上げてきた。山の中にも、湖にも、滝のほうにもそれらしい人影はまったく発見されなかった……。

このようにして、この事件は完全な迷宮にはいってしまったのである。

あすまでは、神津恭介もやっては来ないし、女を捜せと言われても、女がいなくなったのだから、女を捜すということはきわめてとうぜんのことではないか。

夜もふけて、疲労困憊の極に達した私は、庭へ出て生け垣のかげのベンチに腰をおろし疲れた神経を休めていた。

そこへ聞こえて来た人の足音――私がここにこうしていることには気がつかず、生け垣のむこうのベンチに腰をおろしたらしい。

「だいぶ涼しくなりましたね」

阿部判事の声であった。

「そうね。秋にもなれば、燕も南へ帰っていくし、天女も月の世界へ帰るわよ。ところであの人の体を捜し出せないなんて、みんなもあんがい知恵がないわね。あたくしなら、天体望遠鏡で月の表面を観察するわよ」

にくにくしげな、久子の答えであった。

「まあ、それはともかく、僕はあなたに、ちょっとお話があるんです。まあ、かけましょう」

　阿部判事は、沈思黙考の結果として、いかなる結論に達したか――私は興奮に胸をおどらせて彼の言葉に耳を澄ました。

「僕は、いままで考えぬいて、今度の月子さんの消失事件に、ある解決を発見したのです。それをあなたに聞いてもらいたいと思って……ねえ、久子さん、あなたがこの事件の黒幕でしょう」

「ずいぶんひどいことをおっしゃるのね」

「僕はあの人が気が狂ったなどとは、まったく考えていません。しかしあの人は月を見ると、ふしぎに人が変わったようになるのです。これはきっとある種の催眠術をかけられたんだと思いますね」

　なるほど、たしかにそれも一つの方法であった。

「ところで、催眠術というものは、そんなに長い間効力を持続しませんからね。たえず新たに術をかけていなければいけない。とすると、その施術(せじゅつ)はつねに月子さんの身の近くにいる人でなければいけない――どうです。久子さん、あなたがその犯人でしょう」

「驚いた判決ね。あなたはいつも、そんな調子で裁判をなさるのかしら。熱湯に手をつけて火傷をしなければ無罪であるぞ、というのと、てんで同じだわよ」

「でも、これでなければ、事の真相はわかりません。さあ、その眼鏡をおとりなさい」

「何をするの。声を上げて人を呼ぶわよ」

「いやいや、あなたがたえず眼鏡をかけているのは、人を惑わせる力を持った、眼の光をごまかすためかと、僕は信じて疑いません。さあこうなったら腕ずくでも……」

いや何とも恐ろしい顛末になったものである。飛び出そうにも飛び出しかねて、私は息をこらして待っていた。

「さあ、これがあなたの言うような、催眠術師の眼でしょうか」

久子が眼鏡を取ったらしい。

「おお……」

恐ろしそうな声が、判事の口から飛び出したと思うと……。

「月子さん、僕はとうとうあなたの体を発見しましたよ。あなたは月の世界へ帰られたかもしれないけれど、地上にたしかに自分の体を残して行かれたのですね……」

たしかにこの久子という女は、催眠術師に違いない。それから、この判事の言うことは、まるで月子と同じような狂人の譫言であった。あげくのはては、久子の前にひざまずいて、変らぬ愛を誓いはじめた。

ああ、この若き英才も、ついに妖女の魔力の虜となりはてたのか……。

私は足音をしのばせて、その場を離れた。

ところがその夜遅くになって月子の幽霊は、またしてもこのホテルへあらわれた。便所へ起きた私の眼の前、廊下の彼方に、たたずんでいた白衣の女——電灯が消え、十六夜の月のさしこむ廊下に、音もなく動いていた一人の女が、私のほうへ静かに顔をむけたのだが、疑いもなくその顔は……あの月子ではなかったか。

私は背筋に三斗の水をそそぎかけられたような思いで、言葉もなく、がたがたと震えていた。そのうちに女は廊下を曲がって、どこへともなく姿を消し、その跡を追いかけた私は、その後に何一つ見いだすことができなかった……。

6

かくしてふたたび、戦慄の一夜が明けた。私は一睡もせずに一夜を明かしたが、翌朝になって名探偵神津恭介は、竹内元子爵とともにこのホテルへ、悠然と姿をあらわしたのだった。

「松下君、どうだった？　月子さんの体は発見できたかい？」

「とても僕にはだめでした」

「あれだけヒントを与えてあげたのにね」

彼は残念そうに、私の顔をしばらく眺めていた。

「仕方がないなあ……。あきらめるんだね。僕が真相を打ち明ければ君は必ず月子さんを発見できたに違いないよ。しかしそれでは、結局はお互いに不幸になるだけだ。あの人はやはり、自分をもっとも愛している人と、結婚すべきだったのだよ」

「とおっしゃると……」

「君は女を捜したかい？」

「それが捜し出せなかったのです」

「ほんとうの愛情がありさえすれば、どんなところにかくれていても、たとえ月の世界からでも、相手は捜し出せるだろうにね」

　彼は大きく嘆息していた。

「では竹内さん、僕の言ったとおり、月子さんを捜し出してあげたなら、結婚問題に関するかぎり、お嬢さんの希望のままにしてあげてくださいますね」

「娘が無事に帰ってくれさえするならば、万事本人の望みのままにしてやります。もう家柄や財産の釣合(つりあ)いなど、そんなことは私も言わないつもりです」

　この白髪童顔の老人は、もはや元子爵の威厳も忘れ、一人の父親の真情を眉間(みけん)にこめて言いきった。

「ではみなさんに、ロビーへ、集まっていただきましょうか――」

　恭介の一言に、私たちは月子が煙のように消え失せた魔のロビーへ、相次いで座を占めた。竹内元子爵、大友、阿部、大倉の三人の求婚者、久子と恭介それに私の七人が。

「みなさん。お集まりねがったのは、ほかのことではありません。月子さんは姿を消す直前に、自分の体を発見できた人間と、結婚すると言われたそうです。そうして真の愛情か知恵がありさえするならば、それは少しもむずかしいことではなかったと思います。竹内さんもそのことには、決して異議を持っておられませんが……大友さん、あなたはどうお考えですかしら」

「失礼ですが、僕は辞退させていただきましょう。大友家は家門の名誉にかけて、狂人と縁組はできません」

　ひややかな元伯爵の声であった。

「そうですか、大倉さんは……」

「何しろ、ご本人を捜し出しませんことにはね。費用ならいくらでも出しますが、何といっても月世界へロケットを飛ばすわけにはいかんでしょう……」

　大倉財閥は、まだ未練が断ち切れないような様子であった。

「松下君、君はどうです？」

「残念ながら、僕にはお嬢さんの亡骸を捜し出すことはできません」

　私はそう答えるしか方法がなかった。

「阿部さんはいかがですか」

「僕はこの人と結婚することにきめました」

　彼がその手を握った相手というのは――何とあの魔女、白鳥久子ではなかったか。わずか一夜にして、男の心をここまで奪ってしまったとは、なんと恐ろしい、催眠術の魔力ではないか……。

　神津恭介は莞爾とばかり微笑していた。

「それではこれから、月子さんを月世界から地上へと、呼びもどすことにいたしましょう。

　まずその前に、あの人が、月世界へ帰るなど、奇妙なことを言われた、理由から説明しますと――これは竹取物語の現代版と言えるのです。

竹の中から発見された絶世の美女、月世界の女――かぐや姫には、幾人かの男が、心を傾けて言い寄りました。地上の男とは、結婚できない宿命にあったかぐや姫は、一人一人の男に対してこのうえもない難題を持ち出しました。男たちの本性を、見事に暴露してしまったのです。

月子さんは決して狂人などではありません。このうえもなく聡明な女性でした。自分に言い寄ってくる男たちが、ほんとうに裸の自分を愛しているか。それとも自分についている、地位や財産が目当てではないのか――そのように考えたときに、その相手の本性を見抜く方法として、月子さんの頭の中に閃いたのが、実にこの竹取物語の伝説だったのです。

あなたがたのある人は、月子さんの行動を狂気のあげくと思いこんで、冷淡なそぶりを見せて離れて行きました。ある人はその変身を見破ることはできませんでした。ただ真の愛の持ち主だけが、うわべのかりの姿のかげにひそんでいる、月子さんのもとの姿を見いだしたのです。

僕はむかしから氷人と言われている男なのです。しかし僕は、人の愛情は感じない、木石などではありません。今度は僕は、その人に対して、月下氷人の役をつとめたいと思います。久子さん、ちょっとこちらへいらっしゃってください」

返事もせずに、女は恭介のかたわらへ歩み寄った。

恭介の鋭い言葉はつづいていた。

「あなたがたは、月子さんの計画した大手品にぜんぜん気がつかなかったのです。久子さんという人に頑固な先入観を抱いていたために、この人の顔もしみじみと観察してはいなかったでしょう。しかし醜い女が美しく変わることは困難でも、美しい女が醜く見せることは、いたってかんたんなことなのですよ。

　この人が、この眼鏡をはずしたならば、この描き眉毛を消し去ってこの口紅を拭い去ったら、このふくみ綿を取ってしまって、前歯の偽の金冠をはずしたら、そして髪をアップに結い上げたら、その後には、どんな顔が浮かび上がってくるでしょうか……」

　恭介の手は、濡れた海綿を握りしめて、女の顔を拭っていた。女は何も言うことなく、身動きさえせず、恭介のなすがままに任せていたが……小麦色の白粉をはがれ、眉墨と口紅を落とし、ふくみ綿と金冠をとり去って、私たちの眼前に浮かび上がってきた顔は……これぞまさしく、月世界の女と自ら言う、竹内月子ではなかったか。

「もともと腹違いの姉妹でした。ことに月子さんは、舞台に立った経験さえも、持っていました。久子さんを装うぐらい、それほどの困難はなかったでしょう。そしてこの偽りの装いの中に自分の元の姿と本質とを、発見してくれる人の出現を待っていたのです……」

　私は自分の足の下の床が、大音響をあげて崩壊していくようにさえ感じていた。「女を捜せ」と言いきった恭介の真意が、このとき初めてわかったのだ……。

　月子はいまにっこりとほほえんでいた。

「神津さん、さすがにあなたは、名探偵と謳われておられるだけのことはおありでしたのね。一度もこのホテルへはあらわれず、わたくしたちの顔もごらんにならないで、よくこの手品の種がおわかりでした……。

大友さんと大倉さんには、これ以上何も申し上げる必要はございませんでしょう。あなたがたが日ごろから、口にされておられる愛情の強さがどの程度かということは、わたくしも今度こそはっきりと、自分の眼で見せていただきましたわ……」

「僕はこれで失礼します」

大友元伯爵は、椅子を蹴立てて立ち上がると、後をもふり返らずに自分の部屋へ帰っていった。

「ぼ、ぼ……僕はできるだけのことはしたつもりですが……」

「お金でできるだけのことはなさいましたのね」

やわらかな中にも、凛とした威厳をふくむ月子の声に大倉財閥もしぶしぶ席を立ったのだ。

「松下さんには、ほんとうにお気の毒なことをいたしました。でもあなたのお気持ちには、ほんとうに感謝いたしておりますの。これからもよいお友だちになってくださいましね……」

私はただうなずいているばかりだった。

「ところで神津さん、あなたはどうして事件の真相を見破られたのですか」

元子爵の質問に恭介はふたたび静かに微笑した。

「月子さんが、このロビーから消え失せてしまったと聞いたとき、僕の頭には、月子さんの意図がおぼろに浮かび上がってきたのです。

四方から四人の人が迫っていました。その意味でこのロビーは一つの密室ともいえたのです。だがその中の三人が月子さんの試験の対象となっている人とするならば、この人びとが嘘（うそ）を言っているはずがありません。とすれば残る一人はボーイだけ、これは金で買収すれば、どうにでもなることなのです。

久子さんは、初めから月子さんの立場に同情していました。それで、月子さんのお芝居のしやすいように、いっしょにこのホテルへあらわれて、月子さんの消えるはずの朝に、ここから姿を消してしまったのです。行方不明になったのは、ほんとうは久子さんのほうだったのですよ。

月子さんは、自分が行方不明になったと見せかけて、久子さんに変装してあらわれる計画でした。そこで玄関先で松下君をまいてしまうと、とっさに部屋へかけこんで着物をぬぎ、窓からコートや草履を投げ出して、バスルームへ飛びこみ、裸になって衣装を替え、顔を変えてあらわれてきたのです。

初めの捜索では、月子さん自身を捜すことにだけ、重点がむけられていたのですから、その間にかくして持ち出した自分の着物を、塀の外側へ捨てることは、なんの造作もなかったのです。

ただあのとき、大友さんと大倉さんが、二階と、左側の廊下からあらわれてくることだけは、月子さんもおそらく予想はしていなかったのでしょう。これがこのお芝居に予想以上の効果を上げ、『月世界の女』一幕は、見事に成功に終わったのでした……」

よく考えてみれば、なんの造作もないトリックだった。いくら巧妙な扮装だといっても、よく注意すれば、私たちに見破れないはずはなかったのに……。

だが月子は、誰かがその変装を、見破ってくれることを望んでいたに違いない。そのために、堂々と白昼私たちの前にあらわれ、久子のふりをして私たちに話しかけていたのだ……。もちろん、阿部判事の愛情が、他の人びとよりも、弱かったとは思えない。だが彼が、この求婚に成功したのは、ほんのちょっとした時のはずみに過ぎなかったのではなかろうか。月子ははたして誰に、自分の変装を見破られることを心に望んでいたのだろう。彼女は何も語らなかった……。

月子から見れば、この二日の生活は自分というものを離れた別世界……月世界への旅行かもしれなかった。だが私から言うならば、この二日は、彼女が地上に降り立って、私に捕えられたかもしれぬわずかの時間……ふたたび月子は私の永遠に触れえない、月の世界へ、帰ったのだった。

乙姫（おとひめ）の贈り物

井沢元彦

1

暗い夜道だった。

街灯は少ない、人通りもまったくない。

フリーの雑誌編集者浦島均(うらしまひとし)は、ほろ酔い気分で家路をたどっていた。

都心まで三〇分ほどかかる千葉県のベッドタウンである。駅から歩いて一五分の１ＤＫのアパートが浦島のねぐらだった。

仕事の都合からいっても、もっと便利な都心に住みたいのだが、懐(ふところ)具合がそれを許さない。

フリーの編集者というのは収入的には恵まれないケースが多い。終身雇用の社員編集者と違って、契約は短期だしトラブルがあればすぐ首を切られる。仕事もきついのがまわってくる。

だから病気にかかっても、そうそう休んでもいられないのである。

もっとも浦島は身体には自信があった。

大学時代は柔道部に属していた。もちろん黒帯である。在学中、スーパー強盗を路上で取り押さえ、警察に突き出したこともあるくらいだ。

その馬力で仕事をこなしてきた。

暴力団とか政界汚職とか、取材対象はヤバイものばかりである。地方出張や徹夜の取材もあり、デートする暇もない。

おかげで二八歳のいまも独身だ。

その夜も関西方面の暴力団を取材して来たばかりだった。精神的にも肉体的にも疲労の極に達していたが、費用節減のおりからタクシーも使えず、遅い電車で駅まで帰って来て居酒屋で酒をあおった。

その帰り道なのである。

突然、悲鳴が聞こえた。

驚いて声のした方を見ると、すぐ先の公園から若い娘が飛び出して来た。

「助けて」

娘は浦島の姿を見ると、いきなり抱きついて来た。

ブラウスが引き裂(さ)かれブラジャーがはみ出している。

「どうしました？」

浦島は酔いもいっぺんに醒めて尋ねた。

娘が答える前に、男が続いて飛び出して来た。

黒っぽい服装で顔には異様なマスクをかぶっている。

ホラー映画に出て来るような血だらけのモンスターのマスクだ。

人相を隠すためにそうしているに違いなかった。

男は浦島に気付くと一瞬立ち止まったが、与し易しと見たのか、威嚇するようにゆっくりと近付いて来た。

浦島にはその理由が分かった。

自分の顔である。

いわゆる童顔なのだ。

喧嘩のとき、相手はいつも自分をなめてかかって来る。

そして、その結果は。――いつも相手の後悔で終わる。

「下がっていなさい」

浦島は娘をかばうように前に立った。

「けっ、いきがるんじゃねえよ」

相手は若い男のようだった。

浦島は相手の両手に注意した。

問題は刃物だ。刃物を持っていると少し話が違ってくる。

だが幸いなことに、刃物はその手にはなかった。

男はいきなり殴りかかって来た。

浦島は身体を沈めてかわすと、相手の懐に飛び込み、得意の体落（たいお）としをかけた。

呻（うめ）き声を上げて男は道路に転倒した。

浦島はすかさず飛びついて、体固めから締め技に入った。

こうなればこっちのものだ。

このまま締め上げれば相手は落ちるだろう。

落ちるとは失神することである。

男は必死にもがいたが、どうやら柔道は知らないらしい。蜘蛛（くも）の巣にかかった虫と同じで、ここまで決まったら有段者でもはずすことはむずかしい。

「やめて！　殺さないで」

娘が突然悲鳴を上げて、むしゃぶりついて来た。

そんなつもりはないと言おうと思って、力を少しゆるめた途端、相手は死にもの狂いで目を突いて来た。

「うわっ」

ひるんだところを、男はパンチを繰り出してきた。

浦島は吹っ飛ばされた。

どうやら相手はボクシングの心得はあるらしい。

相当に強烈なパンチだ。

浦島の優位は完全に崩れた。

「この野郎」

男は浦島の脇腹を蹴り、脱兎のごとく逃げ出した。

後を追おうとした浦島は、脇腹の痛みに膝を付いてしまった。

「畜生め」

意外にダメージが大きいようだった。

「ごめんなさい、わたしのせいで」

娘が浦島に泣きそうな顔をして頭を下げた。

「いや、いいんですよ」

「本当にすみません。怖かったものですから」

あらためて見ると、清楚な感じの美人である。

浦島の視線が胸のところへいくと、あわてて娘は腕を組んだ。

「あっ、失礼」

「いいんです。あなたは大丈夫?」

心配そうに娘は言った。

殴られた頬と脇腹がずきずきと痛んだ。しかし歩けないほどではない。

浦島は服に付いた土ぼこりを払って、

「どうします、警察に届けますか?」

娘はうつむいた。

「――わたし困るんです」

「そうですか。じゃ、家まで送りましょう。お宅はどちらですか」

「すみません。電話のあるところまで連れてってくれませんか。迎えに来てもらいますから」

「電話なら今の公園にボックスがありますよ」

浦島は娘を連れて、公園の電話ボックスで電話をかけさせた。

一〇分ほどで、大きなベンツが娘を迎えに来た。

「お嬢さま、大丈夫ですか」

車から品のいい初老の男が飛び出して来て、叫ぶように言った。

「怪我(けが)はしてないわ。危ないところを、この方に助けていただいたの」

娘の言葉を聞いて、男は浦島に感謝の視線を向けて、

「ありがとうございました。本当にありがとうございました。わたくし執事の亀岡(かめおか)でございます。お嬢さまに万一のことがあっては、わたくし生きていられないところでございました」

と、大時代なセリフを言った。

「よかったですね。――じゃ、ぼくはこれで」

「とんでもないわ、怪我の手当てをしなくちゃ」

娘が言った。

「いや、これぐらい何でもないですよ」

浦島は首を振ったが、亀岡という執事も、

「ぜひ、いらしてください。このままお帰ししては、わたくし主人に叱られてしまいます。どうぞ、どうぞ」

浦島は再三固辞したが、娘と亀岡に強引に両腕を抱えられて、車に連れ込まれてしまった。

運転手がおり、すぐに車をスタートさせた。一〇分ほど曲がりくねった道を進み、大きな家が並んでいる高級住宅地に入った。

浦島が来たことのない町である。

ベンツの窓も半透明のやつで、外がよく見えなかった。

表札に「竜宮（りゅうぐう）」とある大きな家に、ベンツは入った。

玄関を入って客間に通されると、そこは大きいシャンデリアが輝く豪勢な部屋で、ガラス戸棚の中には高級な洋酒やブランデーが並んでいる。

「お酒はお好きかしら？」

娘が言った。

「ええ」

「よかった。じゃ、どれでも好きなのを飲んでいってください。ああ、それより傷の手当てが先ね」

「たいしたことありませんよ。血も出てないようだし」

傷といっても軽い打撲傷だった。

腫れ止めに少し塗り薬をつけ、それから滅多に飲めない高級ブランデーを勧められた。

それよりあとのことは、どうもよく覚えていない。

彼女の父親と会ったかどうか、それすら定かでないままに、浦島はすっかり前後不覚となり、そのまま深い眠りに落ちた。

2

目が覚めた。

自分のアパートである。

（あれ、夢だったかな）

浦島は一瞬そう思った。

つい先程まで、自分はあの美女の家にいたはずだ。

それなのに今は自分の部屋のベッドの中にいる。

（おかしいな、どうしたんだろう）

頭がずきずきと痛んだ。

だが、起きようとして浦島は自分が着ているのが、パジャマではなくワイシャツとズボンであることに気が付いた。

ネクタイははずされて、背広の上着と共にハンガーに掛けてある。

(そうだ、おれはやはり彼女の家で眠りこけてしまったんだ。だとすると、ひょっとしたら彼女の執事がここまで送ってくれたのかもしれないな)

浦島は頭を振ってベッドから出た。

いつものように仕事用のデスクの椅子に坐り、目覚めの一服を吸おうとした時、浦島はデスクの上に風呂敷包みが置いてあるのに気付いた。

(なんだ、こりゃ)

見覚えはなかった。

風呂敷をほどいてみると、ケーキが入るぐらいの大きさのボール紙の箱が入っていた。その蓋を開けようとしたとき、突然電話のベルが鳴った。

デスクの上に電話機がある。

浦島は受話器を取った。

——もしもし、お目覚めでございますか。

声と丁重な言い方に聞き覚えがあった。

——あんたは、亀岡さん？

——さようでございます。先夜はお嬢さまをお救いくださって、ありがとうございました。

――ウチまで送ってくれたのは、あなたですか？

――はい。失礼とは存じましたが、どうしてもお帰りになりたいとおっしゃいますので、わたくしが鍵を開けさせていただきました。鍵はポケットのほうへお戻ししておきました。

――あっ、そう。どうもありがとう。

――どういたしまして。

――よく、ここの番号がわかりましたね。

――お忘れですか？　名刺をわたくしにくださったじゃありませんか。

浦島は頭を掻いた。

そんな記憶はまったくない。

――ところで折り入ってお願いしたいことがございますんですが。

亀岡が言った。

――何ですか。

――お嬢さまがあのような目に遭われたということを、ぜひ口外なさらないでいただきたいんです。じつは打ち明けた話を申しますと、お嬢さまは、さる高貴なお方との縁談が進んでおりまして、わたくしどもとしても変な噂が出ますと、非常に困りますので。

――いいですよ。そちらがお望みなら。

――ありがとうございます。ありがとうございます。誠に失礼かとは存じましたが、助けていただいたお礼とお怪我の治療費、それにもろもろのことを含めまして、ささやかな品を贈らせていただきました。お机の上に置いておきましたが、お目に留まりましたでしょうか。

――ああ、これ。これ、いったい何ですか？

――お目に留まればよろしゅうございます。どうかお納めください。老婆心ながら、税務署にはいっさい届けはいたしませんので、そちらでいかようにお使いになっても結構かと存じます。それでは、もうお目にかかることもないと存じますが、失礼させていただきます。

――あっ、ちょっと。

だが、それきり電話は切れてしまった。

浦島は舌打ちして受話器を置いた。

（税務署って何のことだろう）

それが第一の疑問だった。

税務署に何がどう関係するというのだろう。

その何の変哲もない白いボール紙の箱を、浦島は開けてみた。

「――――？」

中に紫のふくさに包んだものが入っていた。

それを開いて、浦島は腰を抜かさんばかりに驚いた。

それはまっさらな一万円札の束、数えてみると一〇〇〇枚あった。

「一〇〇〇万円――」

思わず金額を口にして、その言葉に自分で驚いた。

なるほどこれなら税務署うんぬんというセリフが出るはずである。

だが、どうしてこんな大金を。

しばらくは自分の幸運が信じられなかった。

やがて冷静になった浦島は、次のように考えてみた。

(一〇〇〇万――確かにおれのような貧乏人には大金だ。だが世の中にはこれぐらい、はした金にしかならない金持ちがいるに違いない。おれにとって一〇〇〇円がそれほど痛くない金であるように、一〇〇〇万円がそれほど痛くないやつもいるんだ)

問題は痛くないにしても、どうして一〇〇〇万円出したかだ。

(そうか、その縁談ってやつが、一〇〇〇万払っても、ぜひともうまくいかせたいやつなんだ。高貴なお方なんて言ってたな。高貴な、高貴な、か。まさか皇室関係じゃないだろうな。それとも財界の大物か。いや、財界なら「高貴」という言葉は使わないだろうし――)

ジャーナリストとしての欲が少し出てきた。

ひょっとしたら特ダネに結びつくかもしれない。

（どうする、追及してみるか。でも、この一〇〇〇万には口止め料の意味もあるんだろうな。もし取材をするなら、当然返さなくちゃいかんな）

（あの家、「竜宮」という表札がかかっていた。あれが家だったとすると、あの美女は竜宮某（なにがし）という名であることになるが、そこからたぐれるか？　たぐれるだろうな。あの家はこの近くだし）

　彼女の家への道を意識の中に求めてみて、浦島はその記憶が妙に頼りないのを知った。考えてみればあのベンツは、同じところをグルグルと回っていたような気もする。

（あの運転手のやつ、あとからおれがたどれないように、わざと道を複雑に行ったんだ。だけど、おれはプロだぜ。あの程度でごまかせると思ったら大間違いだ）

　だいたいの位置は分かる。

　もっとも簡単で確実な方法は、あたりをつけた所の近くの交番で「竜宮」という家の所在を聞くことだ。

　金持ちは交番に協力的だし、交番も管内の大邸宅は注意して把握している。姓が分かっていれば、捜査は容易である。

（まさか家を探し当てたら、金を返せとは言わないだろうな）

　目下（もっか）の心配はそれだった。

　この一〇〇〇万は絶対に失いたくない。

　もしあの美女の件で一発スクープを取ったとしても、それであがる金銭的利益は一〇〇〇万の百分の一にも満たない。

（やってみる価値はあるかもしれない。それに口止め料は、襲われたあの一件だけについてだからな）

そんなムシのいいことを浦島は考えた。

そして、突然我に返って、机の上に放りっぱなしの一〇〇〇万円の札束に目を留めた。

（いけない、こんな目立つところに、置いといてはいけない）

カーテンは閉まっていたが、何だか外から見られているような気がした。

あわてて札束をデスクの引出しに入れた。

札束が見えなくなると徐々に興奮が醒め冷静になってきた。

デスクの上の目覚し時計も視野に入った。

いや、もともと目の前にあったのだが、興奮して時間どころではなかった。

（二時だ）

びっくりした。

夜明けのはずがない。

それにしては明るすぎるし、外のざわめきも聞こえる。子供が近くの空地で遊んでいるらしい。

午後二時だとすると、きのうの深夜から、ほぼ一二時間眠っていたことになる。

よほど疲れていたのだろうか、苦笑しながら浦島はドアのところへ行った。

郵便受けに新聞がいくつもねじ込まれていた。出張の間、新聞がたまっていたのだ。

旅先でも読んだ見出しに目を通していった浦島は、そのうちに初めての見出しを見て顔色を変えた。

白昼の現金強奪、被害三億円

目をこすってよく見ると、東京のど真中の銀行で、現金輸送車から金を出すところを三人組に襲われ、現金三億円余りがまんまと奪われたというものだった。

（こりゃ大変だ）

浦島は週刊誌の編集部に電話を入れた。

こういう仕事になると、必ずおはちが回ってくる。

一刻も早く連絡して志願してしまったほうがいい。

――バッキャロー、なにしてたんだ。

名前を言った途端、怒鳴りつけられた。

鬼と異名をとる、宇田川編集長である。

――すみません。さっそく取材に入りますから。

どうしてこんなに怒鳴られなきゃいけないんだ。

浦島は内心ぼやきながらも、あくまで下手に出た。

──何言ってるんだ、ボケ。なにがさっそくだよ。いままで何やってたんだ。女とでも遊んでたのか？

──そんなことしてませんよ。すぐに電話したじゃないですか。

いささかむっとして浦島は言い返した。

すぐだって？　おまえ本当におかしくなったんじゃないだろうな。事件が起こってからもう二四時間はたってるぞ。

──えっ。

浦島は新聞の日付を見た。

一八日の夕刊である。

事件が起こったのは一八日の午前一一時頃らしい。

──だって午前一一時なら、まだ三時間しかたっていないじゃ……。

そこまで言って浦島は奇妙な点に気が付いた。

一八日の夕刊、それが配達されるのは、一八日の午後五時頃である。

いまは午後二時だ。

それなのにどうして夕刊が来ているのか。

編集長はますます怒って、

──おまえ、きょう何日だと思ってるんだ。

──一八日でしょう。

自分でもおかしいなと思いながら、浦島はそう答えた。

だってそうとしか答えようがないのだ。

出張から戻って東京駅に着いたのが一七日の深夜、それから最寄りの駅まで戻った時には午前〇時を回って、日付は一八日に変わっていた。

それから、たぶん一時頃にあの娘を助け、帰って寝たわけだから、いまは一八日の午後二時のはずだ。

――バカ、きょうは一九日だ。顔を洗って出直して来い。

ガチャンと乱暴な音がして電話が切れた。

（一九日だって）

浦島は半信半疑でドアのところに戻って、郵便の差込み口を見た。

もう一つの新聞がねじ込まれていた。

ドアを開けて外側から取り出すと、それはまぎれもなく一九日付の朝刊である。

当然、午後二時だから、夕刊はまだ来ていない。

（どういうことだ、これは）

不可解だった。

だが一九日というのは事実らしい。

（すると、おれはまる一日寝てたわけか）

計算してみると、一八日の未明から、きょう、つまり一九日の午後まで寝ていたことになる。

二四時間どころか三〇時間以上だ。

いくら疲れていても、普通の状態で三〇時間も眠るはずがない。

（こりゃ、何かウラがあるな）

浦島はそれを探ってみる気になった。

3

この際、現金強奪の取材のほうは人に任せることにした。

なにしろ懐具合は豊かなのだ。

当分面倒臭い仕事をしなくても悠々と食っていける。

だから、こちらのほうを優先することにした。

こういう点、フリーの編集者というのは便利である。

その気になればいくらでも時間はある。

アパートから三分のところに借りている駐車場に行き、愛車のカローラに乗った。色は派手なグリーンだ。

別に色が気に入っているわけではない。

ただ、色のせいか買い手がつかず中古屋で売れ残っていたので、買い叩いただけだ。

乗ってみると案外調子がいい。これで結構いろいろなところへ行って取材した。

浦島は車をスタートさせて、あの公園へ向かった。

まず、あの「竜宮」という家を探し出すのが先決だ。

あそこでおそらく何かがあった。

それが三〇時間以上も眠った、いや、眠らされたことと、何か関係があるのだろう。

公園に着くと、浦島は記憶をたどりながら、「竜宮」への道を探した。

簡単に見つかると思った「竜宮」はなかなか見つからなかった。

最初に入った交番でも、二つ目の交番でも、そんな家は知らないと言われた。

「なんて家だって?」

交番の警官に、浦島はいちいち説明した。

「たぶんタツミヤだと思いますが、ひょっとするとリュウグウかもしれません」

「リュウグウ? どんな字だね」

浦島は「竜宮」と書いてみせた。

「そんな家は知らんなあ」

どこでも答えは同じだった。

一〇カ所以上の交番を回って、浦島は結局「竜宮」を発見することができなかった。

交番をあてにするのは諦めて、車で心当たりの道を走ってみたが、夜一目見ただけの建物では探しようがなかった。

たまに似たような建物があっても、近づいてみると表札が違っていた。

そのうちに、とうとう日が暮れてしまった。

暗くなると、浦島は引出しの中に入れっぱなしにしてきた一〇〇〇万円が、にわかに気になってきた。

車をとばしてアパートに戻ると、浦島はドアをしっかりロックして、引出しの中を見た。

一〇〇〇万円はちゃんとそこにあった。

浦島は安堵（あんど）の溜息を漏らして思った。

（こりゃいけない。精神衛生によくないや。明日は銀行に預けよう）

4

一週間が過ぎた。

相変わらず「竜宮」の所在も、あの女の素性もわからない。

馬鹿馬鹿しくなった浦島は、例の一〇〇〇万から五〇万円下ろして、温泉めぐりに出かけた。ひさしぶりの骨休めである。

旅行など学生時代以来のことだ。

（出張はあっても観光はなかったものなあ）

露天風呂の中で、浦島はぼやいた。

芸者遊びというのも初めてやってみたが、まったく面白くなかった。

芸者もはじめのうちは、浦島が若いのでもてはやしてくれたが、どうも話題が噛み合わない。若い芸者もいたが、いつも相手にしているのが金持ちの中年らしく、金銭感覚が一致しないのである。

(こんなことをしてちゃ、だめだ。もっと何か実のあるものに変えなくちゃ)

生活ではない、金のことである。

あと九五〇万ある。まとまったものを早く買ったほうがいい。

ワンルームマンションでも、思いきって買ってしまおうと、浦島は思った。

全額払いきってしまうのは無理かもしれないが、少し貯金もある。

ローンをそれほど借りなくても、なんとかなるだろう。

都心のワンルームを買えば仕事に便利だし、いざという時には売り払うこともできる。

「よし、そうしよう」

浦島はそのまま風呂から飛び出し、宿泊代を精算して、その夜の特急で東京に帰って来た。

さらに一週間後、浦島は中古マンションを買う契約を終えていた。手付けとして、二〇〇万払い、不足分はローンでカバーできることになっていた。

「竜宮」を探そうという意欲は衰えかけていた。

何よりもこの金を失いたくないという気持ちが強かった。

別に「竜宮」を探し、女の素性を暴いたところで、金を取り返されるわけではないのだろうが、なんとなくそんな気がして、あの夜のことは忘れよう、詮索するのはやめようという気分にもなっていたのである。

ただ一つ気になったのは、あの「一八日」がどこへいったのか、ということだ。

丸一日眠っていたという、あの日だ。

そんな経験がいままで一度もないだけに気になる。

（だけど、分かんねえんだから、しょうがないよな）

人間、金が入るとおだやかな性格になるものらしい。

細かいことが気にならなくなる。

大金持ちから見れば、一〇〇〇万円だってたいした金じゃないのだろうが、浦島にとっては大金だ。

なにより会社との通勤距離が短くなるのがいい。

仕事に疲れた時、仲間がタクシーで十数分のところへ帰って行くのを、うらやましく思ったものだが、それももう少しで解消される。

浦島は待ち切れずに買い換えた新しいオーディオセットで、ＣＤ（コンパクトディスク）のきれいな音を聞いていた。

（うん、やっぱりＣＤはいい）

そんなことを考えて、ソファの上で悦に入っていると、突然ドアがノックされた。

「誰？」

立ち上がってドアのところへ行った。

答えはなかった。

普通の人ならここでドアを開いてしまうかもしれない。

だが、浦島は暴力団と付き合った経験もある。

いきなりドアを開くようなことはしなかった。

「誰ですか」

「ここを開けてください、警察です」

「警察？」

別にやましいことがないのでドアを開けた。

私服の男がドカドカと乗り込んで来たので、浦島は目を白黒させた。

「何ですか、いったい？」

先頭の男がポケットから一枚の紙を出した。

「浦島均だね。強盗傷害容疑で逮捕する」

「ええ？　強盗？　なんの話です」

浦島は叫んだ。

「言うことがあれば署のほうで聞こう」

浦島の両手に手錠がしっかりと嵌められた。

（なぜだ。なぜこんな目に遭わなきゃいけないんだ）

金属の感触がまるで他人事のように感じられた。

5

「いいか、もうネタはすべて上がってるんだ。吐いちまえよ」

取調室で刑事が言った。

浦島は何度目かの同じセリフを繰り返した。

「知りませんよ。本当です」

「とぼけるな」

刑事はまた怒鳴った。

あの三億円強奪事件の犯人だというのだ。

身に覚えのないぬれぎぬとはこのことだった。

だが、警察はそれを確信していた。

浦島が犯人であることに、いささかも疑念を抱いていないようなのである。

「残りの三億はどこへ隠したんだ？」

「知りません」

「いい加減にしろよ。お前が自分の口座に一〇〇〇万円入れたことはわかってるんだ。被害金額はな、三億一二六五万五〇〇〇円なんだよ。残りの三億はだからどこへ隠したんだ」

「だから知らないと言ってるでしょう」

「仲間が隠してるとでも言うつもりか。じゃ、仲間の名前を言ってみろ、あと二人の名前を。

それとも、仲間はもっといるのか」

刑事はテーブルをこぶしを固めて叩いた。

「いませんよ。どうして、あんたたちはぼくを犯人と決めつけるんですか、証拠を見せてください、証拠を」

浦島は必死に言い返した。

「証拠だと？」

刑事は呆(あき)れたように、

「ようし、じゃ言ってやる。いいか、まず盗まれた金の札のナンバーと、お前が使った金のナンバーが一致したんだ。続き番号で控えてあるのがあったんだよ、残念だったな」

「本当ですか、あの一〇〇〇万の中に？」

浦島は驚いて刑事の顔を見た。

「そうだよ、とぼけやがって、この。まだまだあるぞ。お前のグリーンのカローラ、習志野(ならしの)ナンバーのやつをな、犯行当日、現場で目撃した人間が何人もいるんだ。それから、お前がガードマンを殴るのに使ったハンマー、あれから指紋が取れたんだよ」

「そんな、まさか」

「残念だったな、手袋はしてたらしいが、よく拭き取らなかったんだろ。柄(え)の一番下のところに、お前の指紋がべったりとついていたんだよ」

「違いますよ、ぼくじゃありません」

「何が違うんだ」

「ぼくは強盗なんかしてません」

「あのなあ、いい加減にしろっていうんだよ。これだけ証拠が揃っていれば、お前の自白なんかなくても、充分起訴にもち込めるんだからな。悪党なら悪党らしく、往生際よくしたらどうだ」

「本当に違うんです。ぼくはやってません」

テーブルを叩いて、浦島は訴えた。

脇から、別の刑事が口を出した。

一筋縄ではいかない意地の悪そうなタイプだ。

「それなら、説明してみろ」

「何をです？」

「決まってるじゃないか、一〇〇〇万円だよ。どうして銀行から盗まれた一〇〇〇万をお前が持ってたんだ」

「――あれは、もらったんです」

「もらった、誰から」

「それは――」

ここに至って浦島はようやく気が付いた。

はめられたのだ。

奴らこそ真犯人に違いない。

だが、奴らの名前すらはっきりしない。

浦島が口ごもっていると、意地悪そうなほうの刑事がたたみかけた。

「一〇〇〇万円をタダでくれるような奴がどこにいる。それに、お前が犯人じゃないなら、犯行時刻にどこにいたのか言ってみろよ。アパートにいなかったことはわかってる。あの日、管理人がお前の部屋をノックしてるんだ。駐車場に車がなかったこともわかってるぞ。そりゃ当然だよな。お前は車に乗って強盗に行ってたんだからな」

「違う、違うんだ」

「違う？　どこが違うというんだ。納得のいく説明ができるなら、してみろよ」

刑事の言葉に、浦島は再び絶句した。

あんな話をして信じてもらえるだろうか。

だが話すしかない。あれは真実なのだから。

だが、ことの顛末（てんまつ）をいっさい語り終わると、刑事たちは声を上げて笑った。

「なんだって、お前が助けたお嬢さまからもらったって？　一〇〇〇万もの大金をか、その名が『竜宮（リュウグウ）』？　執事の名が亀（カメ）だって？　こいつはいいや。じゃ、お前はウラシマタロウってわけだ。金が入ってたのは『玉手箱（タマテバコ）』か」

「本当なんです」

必死の形相（ぎょうそう）で浦島は訴えた。

「一八日はどうしてたんだ？　その竜宮城にいたのかい？」

刑事は小馬鹿にしたように言った。

「たぶん、そこで眠らされていたんだと思います」

「そんなマンガみたいな話、誰が信じるか。あんまり警官をなめるんじゃない」

刑事は再び怒鳴りつけた。

その叫びを廊下で香川警部が聞いたのが、浦島の幸運だった。

世間を騒がせた大事件ということで、取調べはマスコミの目を避けるため所轄署でなく、警視庁本庁舎で行なわれていたのである。

香川の捜査班はちょうど仕事についておらず、香川自身も暇だった。

普通は他班の仕事に口を出したりはしないものだが、香川は妙に気になり部下の但馬刑事に、そっと様子を探らせた。

「警視総監賞を貰ってるって？」

但馬の報告に、香川は訊き返した。

「ええ、盛んに主張してるそうです。むかし総監賞を貰ったことのある自分が、そんな泥棒をするはずがないってね」

但馬は言った。

「貰ったことは本当なのか」

「ええ、本当です。路上で強盗を取り押さえたそうです」

「その記録を見たいな」

「じゃ、借りて来ましょう」

但馬が記録を持って来た。

香川が熱心に読んでいると、但馬は水を差すように、

「でも、やはり奴がホンボシじゃないでしょうかね」

「どうして、そう思う？」

「だって、あの言い訳がね、あまりにも作り話ですからね」

「だが、前科はまったくないぞ。経歴はキレイなもんだ」

「大学を出て世間の波にもまれりゃ、人間も変わりますよ。それに物的証拠は完璧です」

だが、香川はその記録を読み終えると、要点を警察手帳にメモして立ち上がった。

「ちょっと出て来る。ポケットベルは持って行くから」

「——まさか、原宿へ行くんじゃないでしょうね」

「その、まさかさ」

香川はにこりともせずに言った。

6

香川の友人南条圭（なんじょうけい）は原宿の裏通りで古美術商をやっている。

自らは骨董屋（こっとうや）と称しているが、香川はむしろ南条の探偵としての能力を買っていた。

これまでにいくつもの難事件を解決してもらっている。口惜しいが、難事件に対する洞察力・推理力は、香川のとうてい及ぶところではなかった。

怪しげな仏像や鉢や掛軸の並べてある店の奥の方へ入って行くと、南条がまるで香川の現われるのを予期していたかのようにソファに坐って待っていた。

「やあ、そろそろ現われる頃だと思っていたよ」

南条は快活に言った。

まだ四〇にはなっていない、贅肉のない均整の取れた身体に、三分の一ほど銀色になってしまった頭髪がよく似合う。鼻梁は高く、瞳は茶色で、よく外国人との混血にまちがえられる。

「どうして、おれが来ると分かった」

香川は、南条とは対照的な、身体のがっちりした日本人的体型である。その身体をソファに沈め、まず言った。

「例の三億円強奪の件だろう。あれは少し変だなと思ってたんだ」

南条は言った。

「どこが変だ？」

香川が訊くと、南条は笑って立ち上がり、

「まず君の見解を聞こうじゃないか。コーヒーでも飲むかい？」

「いただこう」

サイフォンを使って南条はコーヒーを入れた。

香川は手帳を取り出して、

「例の犯人として逮捕された浦島均って男なんだが、N大の柔道部の出身でね」

「へえ、じゃ、きみの直系の後輩じゃないか」

南条はからかうように香川を見た。香川もN大柔道部の出身なのである。

「――柔道をやる男に悪い奴はいないか」

南条が茶化すと、香川はむっとして、

「そんな身びいきじゃないさ。ただ、浦島は大学四年の冬に、路上で凶悪犯を取り押さえている。谷山（たにやま）というんだが、前科三犯のしたたかな野郎でね。その日もスーパーマーケットに強盗に入り、気付かれて逃げ出したところを、浦島と出会って格闘になってる」

「それで」

南条は先を促した。

香川は頷いた。

「当時の記録を見たんだが、どうも犯人は刃物を振り回していたらしいんだな。それで近くにいた中年の女性が危なかった。そこで浦島は自らの危険もかえりみずに飛びかかって、取り押さえたんだ」

「つまり、かかわりあいになりたくなければ、傍観していても非難されるような状況じゃなかった」

「そう、そういう時に、危険な犯人に飛びかかるような男が、強盗をやるだろうか？」

「それだけじゃないんだろう。君が不審を抱いた理由は？」

南条は反問した。

「そう、浦島は自分が無実だと主張しているんだが、その弁明というか、言い訳というか、それが何とも現実離れしていてね。とうていまともに信じられる話じゃないんだ」

「だが、その中に君は一片の真実の匂いを嗅ぎ取ったってわけか」

「おい、こちらはまじめなんだぞ」

「こちらもそうさ」

南条はコーヒーをカップに注ぎ、香川の前に置いた。

「で、その現実離れの弁明というのは？」

「それが――」

と、香川は苦笑し、

「竜宮城に行ってたと言うんだが」

「竜宮？　ウラシマタロウの？」

南条も微笑を浮かべた。

「そうなんだ。つまり――」

と、香川は浦島均の主張を詳しく述べた。

今度は南条も口を挟まず黙って聞いていた。

香川が話し終わると、南条はコーヒーカップを置いて、

「面白い、とても面白い話だね。つまり彼は乙姫から玉手箱をもらって来たわけだね。その玉手箱を開けてしまったことにより、すべての不幸は始まった」

「どう思う、この話？」

香川は膝を乗り出して尋ねた。

「全部本当だろうね。君もそうじゃないかと思っているんだろう」

南条はあっさりと答えた。

「うん、まあ、そうだが。いまひとつ、よくわからんのだ」

「どうして？ 簡単なことじゃないか。犯人たちは浦島をはめたんだ。狂言芝居を打ち、感謝するとみせかけてどこかに連れ込み睡眠薬で眠らせ、その間に彼の車を使って犯罪を行なう。車のキイは彼のポケットにあっただろうし、眠っている間にアリバイも奪うことができた。そして犯行現場には彼の指紋の付いた物を置いてくる。それもあまりたくさんじゃわざとらしいから、いかにも拭き忘れたような感じで一つだけ残しておく。犯行が終わったあと、深夜にでも彼をアパートに帰しておく。芸が細かいね。最初に狂言芝居を打ったことや、竜宮の表札は――」

「芸が細かいというのは？」

香川は尋ねた。

「たとえば芝居を打ったことを考えてみよう。これはあとで一〇〇〇万円渡すための伏線な

んだよ。凡庸な犯人なら、彼の財布に盗んだ金のうち、ナンバーが控えられていそうなピン札をしのばせたり、札束をドカッと置いていったりするだろう。しかし、これじゃまずい」

「どうして？」

「財布に入れるという手段だと、あまりたくさん金を置けない。犯人の条件は盗んだ金をたくさん持っているということだろう？　二、三枚持ってたから、犯人というのも証拠としてはいまひとつ弱い」

「じゃ、札束で置いてくればいいじゃないか」

香川の言葉に南条は笑って、

「おいおい、熱血正義漢の浦島が怪しげな札束をネコババすると思うのかい？　警察に届けられてしまったら元も子もない。大事なのは、彼の手元に少なくとも一〇〇〇万程度の盗んだ金を残し、さらにそれを彼には正当な報酬だと思い込ませる必要があった。ヤバイ金と思われたらまずい。そのためにお嬢さま救出の一幕が必要だったのさ、あれがあったからこそ、彼はあの一〇〇〇万円を良心の呵責（かしゃく）もなく使ったわけだ」

「なるほど、じゃ竜宮ってのは？」

「彼を軟禁するために、どこか家を借りたのだろうが、そこの表札を竜宮（りゅうぐう）とし、執事の偽名も亀にまつわる名前にしたのが、犯人の頭のいいところさ。表札が普通の名だったらどうだ。『水野』や『山本』だったら、多少リアリティが出てくるじゃないか。ところが竜宮だと、まるっきり作り話のように聞こえる。たぶん彼の名が浦島であるところから、思いついたことだと思うがね」

「じゃ、浦島の言ってることは正しくて、無実なんだな、彼は？」

「そう思うね」

「分かった、ありがとう」

香川が勢いよく飛び出しかけたのに対し、南条は不思議そうな表情で言った。

「それだけでいいのかい？」

「いいとは、何だ？」

今度は香川が不思議そうな顔をした。

「他に聞きたいことはないのかい？　たとえば、真犯人の名前とか？」

「えーっ」

香川は思わず声を上げて南条の顔をまじまじと見た。

「分かるのか、君には、真犯人が」

「分かるさ。君にも分かるはずだよ。データを分析すれば」

「おれは直接の担当者じゃないんだぜ」

「なくても、分かるさ。ぼくも君から話を聞いただけじゃないか」

香川はもう一度坐ると、

「おい、神がかりはやめてくれ。本当に分かってるなら、もったいぶらずに言ってみろよ」

南条は微笑して、

「簡単なことなんだがな。いいかい、なぜ浦島均は犯人の身代わりに選ばれたのか？　身代わりに必要な条件はいったい何だったのか？」

「それは、一人住まいで車を持ってて――」

「それだけじゃない。ここを考えてみればわかるよ。まず、身代わりにするには、お嬢さま救出劇のヒーローになるぐらいの正義漢でなくちゃいけない。つまりお嬢さまが、これは犯人の情婦だろうが、その女が助けを求めて来たとき、助けてやる力と勇気のある男じゃないとだめだ。そうでなければお礼だと言って屋敷に連れ込むことも、金を渡すこともできなくなる」

「なるほど、じゃ柔道部出身ってことか」

「武術をやってても臆病な男はいくらでもいるさ。しかし、犯人、いや犯人の一人には確信があった。浦島均はそういう時には素通りするような男じゃないとな」

「――――？」

「もう一つ、犯人は彼を罪に落とすために一〇〇〇万円も注ぎ込んでいる。これは大変なことだよ。苦労して盗んだ金は一銭も渡したくないというのが人情だ。それなのに一〇〇〇万円注ぎ込んでも、浦島に罪を着せたい。自分たちが安全になるためだといっても、これは少し異常だ。つまり犯人は浦島均に恨みを抱いていると考えれば、この疑問は解決する」

南条の説明でようやく香川にも犯人がわかった。

「谷山か、奴が犯人なのか」

「そうさ。その谷山という男は、彼に取り押さえられたために刑務所へ行かねばならなかったんだろう。あれから九年か、もうそろそろ出所している頃じゃないのか。谷山なら、浦島が女を助けることに確信があったはずだ」

香川の心にもう一つ疑問が湧いてきた。

「しかし、南条。今回の犯罪は非常に知能的で、粗暴な谷山にはふさわしくないような気がするんだが」

「それはおそらく刑務所仲間に頭のいい男がいたのさ。つまり策士役だな。執事に化けた亀某という男がそれだろう。そして最初に浦島に殴りかかった若い男と、もう一人の男で、ちゃんと三人組になるだろう。女は三人のうちの誰かの情婦だろうね」

「もう一人の男ってのは、谷山のことか」

「そう。彼は浦島を連れ込んだ車の運転をしていたのだろうよ」

南条はそう言って、おいしそうにコーヒーをすすった。

愛は死よりも

佐野　洋

むかし、むかし。そう、ずっとむかしのことです。なにしろ、桃太郎よりも、むかしの話なのです。

×　×　×

一人のきこりがいた。その正確な名は、作者も知らない。しかし仮に、太郎ということにしておこう。その当時、最も多かった男性の名は、太郎なのだから、物語の多くの主人公と同じように、彼も力の強い、そして素直な若者であった。

ある日、彼は森の中で、道に迷った。不意に訪れた嵐のためである。当時は、天気予報がなかった。

彼は風のほえ声におびえ、烈しい雨に打たれながら、森の中をさまよい歩いた。助かるとは思えなかったが、歩かずにはいられなかったのだ。

嵐は意外に長く続いた。寒さ、飢え、疲れとの戦いに敗れ、太郎はついに意識を失った。

何時間、或いは何日間かが過ぎた。雨に放射能が含まれていないことが、不幸中の幸いだったのだろう。太郎はふと眼を覚ました。

「ああ、この匂いは……」

それが、最初に彼の言った言葉であった。彼の周囲を、甘い香が包んでいた。《ついに、自分は極楽に来たのか？》と思ったほどである。

「あ、気がつきましたか？」

と耳もとでささやく者がいた。薄物一枚だけをまとった美女が、彼の傍に横たわっていたのだ。

「あなたは？　そして、ここは？」

太郎は周囲を見回した。林の中であることには違いなかったが、彼には初めてのところだった。

「桃の国です。桃源郷という名で呼んでいる人もいるそうです」

女は、静かに言った。不思議なことに、女の呼吸は、桃の匂いがした。

「桃の国？」

なるほど、林の木は、すべてが桃であった。しかも、どの木にも花が咲き、ほとんど、空を隠してさえいた。「で、わたしは？」

「全身、雨に濡れて、倒れていらっしゃいました。凍えんばかりに冷えきっていたので、わたくしが、あたためてさし上げました」

女は、顔も赤らめずに言った。太郎は、改めて、女を見定める。美しかった。

薄物を通して、女の素肌がうかがわれる。それは、人間の肌とは見えぬ色を持っていた。

白とも違う。光っているようでありながら、しっとりとした落着きをも持っていた。

不意に、太郎の中に霊感が宿った。この女こそ、自分の求める女だ。この女を抱かなければ、自分は亡んでしまう。そんな気持である。

飢えや疲れも、この霊感をとどめるのには無力であった。

「桃！」

と、意味のない叫びを上げながら、太郎は女に挑みかかった。

「あ、何をなさいます」

女は薄物の裾を抑えながら、身をずらした。

「いや、わたしは……」

太郎はひるまなかった。逃げようとする女の肩をつかんで抱き寄せた。

女は、急に力をなくした。女のからだから、また、桃のかおりが立ちこめ始め、それは、次第に強くなって行った。

× × ×

太郎は、その林の中に、小さな小屋を立てて住むことになった。しかし、女と一緒ではない。

女は、朝早く、一日分の食糧を持って、この小屋にやって来て、夕方になると、帰って行くのだった。

「亭主がいるのか？」

と、太郎が聞いても、女は答えずに、横を向いてしまう。だから、女がどんな表情をしているのかさえ、彼にはわからなかった。

一度、女のあとをつけて行こうとした。だが、女の足は意外に早かった。跳びはねるようにして、木と木の間を縫っていったと思うと、いつのまにか、姿は見えなくなっていた。

朝、女に起されて眼を覚ます。食事を一緒にして、二人で語り合う。話は、すべて愛の言葉であった。こんなことが、何日も、いや何カ月も繰返された。しかし、太郎は不思議に、その生活に倦きなかった。故郷のことなど、完全に忘れていたと言ってよいであろう。斧を持つために、掌にできていたまめも、いつしか、消え去っていた。

ある日、愛の契りのあとで、女は眼に涙を浮べた。

「どうしたのだ？」

と、太郎は女の首に回した手に、力をこめた。

「あたくしたちのこどもが……」

と、あえぐように、女は答える。いまでは、慣れてしまった桃の香ではあったが、ひときわ強く、太郎の感覚をくすぐった。

「こども？　そりゃあ、めでたい」

「いいえ、だめなのです」

と、女は眼を閉じて言った。涙が頰を濡らす。

「だめ？　なぜだ？」

「今だから申します。わたくしは桃の精なのです。そして、桃の男の精と結ばれなければいけないのでした。わたくしの婚約者は、きのう、あなたのことを知り、神様に告げ口致しました」

「で、神様は？」

「あなたと別れ、その婚約者と結ばれれば、許して下さるというのです。もし、別れなければ、わたくしは桃の木にされてしまうのです」

「では……」

と、言ったが、太郎はまだ心を決めかねていた。たとえ桃の男の精にでも、この女を渡したくはなかった。

「わたくしは、あなた以外の人と結ばれる気はありません。ですから、今日かぎり、桃の木になっても満足です。でも、わたくしたちのこどもを……」

「助ける方法はないのか」

「一つだけあります。わたくしは桃に変えられても、大きな実を、一つだけ、枝につけます。ですから、あなたはそれを持って……。でも、その実をもぐところを、わたくしの婚約者に見つかってはいけません。見られた瞬間に、あなたは、石にされてしまうのです……」

太郎は、女の言葉通りにすることを誓った。

翌日、太郎は林の中を探し歩いた。そして、夕方近くになって川のほとりに、新しい、ひ弱そうな桃の木を見つけた。その木は枝に、一抱えもするほどの実をつけていた。

「あ、あれだ」

太郎は喜びの声を上げ、その木に登って行った。ふと、あの女の香をかいだように思い、彼の胸は痛んだ。

やっと、手が実にとどきかけた。だが、その瞬間、彼は意識を失った。

×　×　×

桃の細い枝は、石の重みで折れてしまったのです。しかし幸いその下には小さな川が流れていました。枝もろとも、落ちた瞬間に、大きな実は枝を離れ……。

どんぶりこ、どんぶりこ、と流れて行きました。

花咲爺さん殺人事件

斎藤　栄

1

「今日は五日だな」

シロは、カレンダーを見あげて言った。

「そうよ。あんた、あれを待っているんでしょう？」

シロの愛人、桃（もも）が言った。

「当り前だ。おれ達がこうして、豪華に生活できるのも、仕事があればこそじゃないか」

シロはウイスキーのダブルを、ベッドの中で空けながら言った。

シロというのはニックネームである。本名は大崎健。しかし、彼が自在党の忍者部隊という極秘の任務についてからは、誰も、健という本名で呼ぶ者はなくなった。桃までが、〈シロ〉と呼んだ。

そして、彼の仕事というのは、毎月五日になると、自在党のその筋である〈クロ〉という人物から電話がかかってくる。クロの正体を、シロは全然知らない。若い男のようであるが、本名はおろか、顔さえ見たことがなかった。

とにかく、その人物の指示通りにやれば、月末には、五十万円以上の金額が、シロの預金口座に振り込まれてくるのだ。

クロの指示は、千差万別だった。ある人物の尾行とか、張り込みとか、更には、書類を盗み出すような危険な仕事もあった。

しかし、シロはそうしたヤバイことは、当然だと思っていた。

クロの指示の特徴は、それぞれ、〈真珠湾作戦〉とか、〈夏の陣〉とか、固有の名称がつけてあったが、これは指示する者の趣味なのだろう。

「七月には北海道に連れてってね。いつも、約束をすっぽかされるんだから……」

桃は、スキャンティ一枚だけの淫らな恰好で、シロを挑発するような姿態をつくった。

「今度こそ、連れて行くさ。しかし、仕事があれば仕方がないだろう？」

シロは右手にグラスを持ち、左手の指先で、桃の乳房を揉んだ。

「そりゃ、そうだけど……」

桃が言ったとき、枕許の電話のベルが激しく鳴った。

シロが送受器を握った。相手は予想通り、クロだった。

「……今月の仕事を伝える。いいね？　今度は大きな作戦だよ。花咲爺さん作戦と呼んでおく」

「へえ……」

シロはニヤリとした。大体、これまでも、重大な仕事に、冗談めいた名称をつける例が多かった。

「うまくやってくれれば、礼金は一億出す。その代わり、今度はある人物を消してもらうんだ」

「えっ。一億……」

シロは耳を疑った。一億といえば、サラリーマンが一生かかって稼ぐ総金額である。つまり、一回分の人生を払ってくれるのに等しい。

「そうだよ。一億だ。驚いたかね」

「で……その……誰を消すんですか？」

シロは舌なめずりをした。一億も払うに足りるような人物が、そう沢山いるわけはなかった。

「中山総理だ」

「…………」

シロは思わず、驚きの声をあげた。時の総理大臣を消す。なんという重大な陰謀だろう。これなら、一億円を支払うというのも当然である。しかし、シロがびっくりしたのは、何も、その相手が総理大臣だからではない。クロをはじめ、シロが属しているのは自在党だが、これでは、自分の党の総裁を、〈殺せ〉と命令していることになるのである。

「何も訊いてはいけない。命令に従えるかね」

クロは、シロの気持ちを見ぬいたように言った。

「は……はい」

「よし。それでは一億円を前金で払おう。現金でだ」

「本当ですか？」

「もちろん」ハハハと、クロはニヒルな笑い声をあげた。「銀座のゴミの集積所に、風呂敷に包んでおく、今日の午後四時。ええと場所を詳しく言うと……」

シロは、クロの言葉がなんだか信じられなかった。一億円という大金もそうだが、自在党の総理大臣を殺す計画。その礼金を、白昼、銀座のど真ん中へ風呂敷包でおくやり方。もし、こんな筋の小説があったら、〈とんでもない。まったくありえない話だ〉と、シロは思っただろう。

しかし、すべては現実なのであった。

2

電話が終わると、シロはタオルで額の汗を拭いた。

「中山総理を殺すの……」

桃が蒼ざめた顔で言った。

「一億円だよ。それだけ、現金で貰えるのなら、やってみる価値はあるさ」

シロは言った。

「でも、どうして自在党の……」

「うむ。分かったぞ。反対派閥の二川老人が中山を倒して、自分が総理になろうとしているんだ。なるほど、そう考えると、今度の作戦を、花咲爺さん作戦と呼ぶのは、ピッタリだな」

「怕いわ」

「なんといっても一億円だ。その金のためには、少しぐらいのことは我慢してやるのさ」

シロは覚悟した。

「どんな風に?」

「それは後で指示があるだろう。とにかく、現金で一億円を、今日、払ってくれるというんだ。ありがたいじゃないか」

むろん、クロの狙いはハッキリしている。こんな重大な陰謀だ。シロに裏切られたら困る。そこで、とにかく、大金を与えて、シロを、ガンジガラメに縛りあげてしまおうというのだろう。

「一億円あると、どのくらい贅沢ができるかしら?」

桃は、どちらかというと楽天家だ。今度は現金の使い道を心配している。

「毎月百万円として、年に千二百万。十年は無理としても、七、八年は、のんびり遊んで暮らせるはずだ?」

「あら、そんなもの?」

「どんどん使えばそうなるよ。しかし、銀行へ預ければ、手取り年五パーセントにしても、サラリーマンの生活はできて、しかも、元金は一円も減らない計算はできる」

「それは嫌よ。何かにパッと投資して、一億円を、二億か、三億にはしましょうよ」

「分かった、分かった。ところで、そろそろ一億円を受取りに行かなけりゃならない。おい、出かけるぞ」

「本当？　嬉しいわ」

と、桃は大袈裟にはしゃいだ。

「じゃ、仕事の初めに乾杯して」

シロはウイスキーをグラスに注いだ。

「一億円に乾杯！」

「やるぞ」

シロは少々、調子にのった。そして、グラスを重ねた。桃もまるで莫迦みたいに飲んだ。後で考えると、これが大失敗であった。

クロの指令は、「午後四時」にということだったのに、シロが桃を乗せて、銀座へ向かったのは、ギリギリの午後三時五十分であった。

指定のゴミ集積所までは、十二、三分はかかる。

「畜生！　間に合うかな」

シロはアクセルを踏み込んだ。

「飛ばすのよ。飛ばすのよ……」

と、桃も、今更のように騒いだ。

しかし、混雑を極める都内のこと。焦れば焦るほど、なかなか目的地へは着かない。やっとの思いで、それらしい場所が、フロントガラスの向こうに見えてきたとき、

「あ。見て！　誰かが……」

と、桃が叫んだ。

「えっ」

シロは見た。ポリバケツの上に置いてある座布団くらいの大きさの風呂敷包を、誰かが持って車の中へはいったのだ。その車は、タクシーらしい。が、シロの車がそこへ行くには、信号ひとつを越えて行かねばならぬ。その信号が赤だった。

「逃げられるわ。どうしましょう？」

「追うんだよ。取られてたまるか」

シロはわめいた。

けれども、無情な信号によって隔てられた相手の車は、スピードをあげて、たちまち、シロと桃の視野から消えてしまった。

約一時間。シロと桃の二人は、車で都内を走り廻り、一億円を拾って逃げた男を捜し廻った。しかし、車のナンバーをキャッチしていないから、まったく雲をつかむような捜査に終わった。

くたくたに疲れて、マンションに戻ったシロに、クロからの電話がかかってきた。

「……一億円、受け取ったか？」

「それが……もう一歩のところで、横取りされてしまった」

「なんだって？　誰に？」

クロも、珍しく上ずった声をあげた。

「タクシーの運転手らしい。置引きだ」

「莫迦。なんというドジを……。時間通り正確に来ないからだ。車のナンバーは？」

「それも分からない」

「本当か？」

さすがのクロも、開いた口がふさがらないという感じだった。

「とにかく、おれは一億円をもらっていないんだ」

と、シロは言った。

「だからって、この花咲爺さん作戦は、やめるわけにはいかない。シロよ。覚悟して、予定通り片付けてくれ」

「ただじゃ……」

シロは渋った。

「うむ。じゃ、仕方がない。こうしよう。今度のことは、そっちに手落ちがある。でも、作戦は絶対にやりぬく。そのために、目的を達したら、必ず一億円を再交付しよう。これならいいだろう」

前金ではなく、後金になるというのだ。しかし、一億円を横取りされたのは、シロ自身のミスでもあるし、文句は言えなかった。

「了解。それなら分かった。でも、やり方はどうする？　拳銃か？　ライフルか？」

「そんなのじゃない。絶対にバレない方法であの中山を片付ける」

「毒ですか？」

フト、そう思って訊いた。

「まあ、そんなところだ。しかし、トンコロリと死ぬのでは怪しまれる。そこで、アメリカが開発した薬を使う」

「なんですって？」

「その薬をビールかコーヒーにそっと入れるだけでいい。そうすると、初めに不整脈が現われる。過労による軽い心不全だと思われる。しばらくすると、心筋梗塞みたいになってくる……」

「病気になったようにみせて、殺すわけですか……」

「いや、殺さなくても、こっちの目的は達成できるわけだからね。要するに、あの中山が総理としてやって行けないで、ミスを犯せばいいんだ。分かったか……」

「はい」

シロは舌をまいた。おそらく、クロは、二川老人の命令で動いているのだろう。中山総理

が病気になり、入院でもすれば、すぐに二川は見舞に行って、

「総理は、充分に休養をとっていただきたい。われわれはそれを期待してます」

などという談話を記者に発表するつもりに違いない。これが政治家の、本音と建前というやつなのだ。

「それでは、具体的なことは、後日、電話する。その前に、今、話をした薬を郵便小包で送る」

「なんという薬ですか？」

「名前なぞ、覚えていないほうがいい。かえって、やり易いだろう」

「分かりました。そうします」

翌日。シロのマンションに、差出人に〈クロ〉というサインのある小包が届いた。

シロは開封すると、その中から、小さな瓶が現われた。瓶の中に、白い粉末がはいっていた。

別にメモが封入してあり、

『この粉末を、耳かき一杯ぐらいを、カップに入れればよい。無色無味無臭。全然、気づかれないで目的を果たすはずだ。量をあやまると、死なせてしまうかもしれない。それでもいいが、怪しまれると、危険だから、そのあたりには注意するように』

と、優しい女のような文字で書いてあった。

「こんなものでやれるのかしら？　まるで、小麦粉みたい」

と、桃は言った。

「やれるんだろう。怕いものだ」

「まさか、これで私まで殺さないでしょうね」

と、桃が言った。

「冗談じゃない。こんな可愛い女を、おれが殺すと思っているのか？」

シロは、桃の柔らかな躰をぐっと抱きしめた。

3

「あの野郎！　ひどい奴だ……」

テレビのニュースを見ていたシロは、憤然として言った。

「きっと、あの一億円、落とし物だと思わずに持っていったのね」

桃も、顔を真っ赤にした。

「当り前だ。あのタクシーの運転手は、クロがポリバケツの上に、一億円の風呂敷包を置いたのを、ちゃんと見ていたに違いない」

と、シロは怒った。

ニュースでは、タクシーの運転手、色川進が、一億円を警察に届け出たということが流されていた。

それによると、色川はビクビクもので、とても怕がっているという。

「一種の置引きじゃねえか。一億円を落とす者がいるかよ。それを掻っさらっておいて、体よく警察へ届けたんだ。ひどい奴だ……」

「あの金……取り返せないの？」

「そりゃ、おれの仕事じゃねえよ。おれは、命令通りやれば、ちゃんと一億円をもらえる立場だ」

「でもさ。もし落とし主が現われないと、あの運転手、一億円を貰えるんでしょう」

「そうさ。だから、奴はビクビクしている……」

「口惜しいわ。それだけのことで、一億円ものものを手に入れられるなんて……」

「分かったよ。仕事が片付いたら、必ず、取りもどしてやる。しかし、半年後だな」

「どうして？」

「警察の手にあるうちはヤバイ。どっちにしても、おれはあの男から取り戻すだけだ……」

「クロはどうするかしら？」

「さあな。自在党というのは、一億や二億は現金のうちにしてないから……。まあ百億単位の仕事をしている党だ。わざわざ、名乗っても出ないだろうよ」

シロはそんな気がした。

「凄いのね」

「そうさ」シロは得意だった。「そういうところだから、おれは仕事をしている。とにかく、あの一億はいただく。つまり、全部で二億……これなら、おまえに半分の一億はやれるぞ」

「嬉しいわ。早く欲しいな」

「そんなに喜んでも、中山総理を片付けないことには、どうにもならない。チャンスが来るまでは……」

「いつ、チャンスがくるの？」

「指令が来たらだ。おれには、そんなチャンスはつくれないよ」

「でも、総理大臣のそばに、あんたみたいな人が近づいたら警戒されるわ」

「普通ではね……」

「どうするの？」

「おれには、大体、分かっているんだよ」

「へえ……」

「今度、参議院の改選があるだろう……」

「あるわ」

「そのとき選挙の応援に、総理も選挙カーにのるだろう。そんなときじゃないかな。チャンスは……」

「あ、そうか」

桃も、やっと、シロの言うことが分かってきた。

「それまでに、この薬の効果を調べておこう。野良猫を一匹、つかまえておいてくれ」

シロの依頼で、その晩、桃が大きな魚の切り身で釣った猫を、マンションに連れ込んだ。そして、餌を与え、さんざ、可愛がった上で、飲み水の中に、耳かき一杯の白い粉を投入して、猫に与えた。

猫は、まったく安心していた。与えられた水を、さもうまそうに、ペチャペチャと舌先で飲み干した。

少しも、異状を感じていない。シロはキッとした。

それから五分後である。突然、キジの野良猫は、気が狂ったように、二、三度、とびはね、やがて、ペタンとそこへ倒れこみ、四肢をぶるぶる震わせて死んだ。

「きくわ！」

と、桃が言った。

「人間では耳かき一杯だと、病人みたいに思えるんだ。ところが、猫だと死亡するわけだな」

シロも、薬の利き目に、びっくりしてしまった。中山総理も、これなら、うまく片付きそうだ。

「もう一億円、いただいたも同然ね。そうでしょう」

と、桃は言った。

シロと一緒にいるときは、桃はいつも全裸に近い恰好をしていた。ヘアを丸出しにして、シロの気持ちを、自分の躰にひきつけておく作戦なのだった。

「そうさ」

桃の心は分かっていても、シロは進んで、彼女の挑発にのっていた。

突然、国会が解散になった。これは、不信任案を提出した野党側も予期しない成り行きであった。与野党の勢力は、与党のほうが大きかったのに、反主流の派閥に属する議員が、本会議を欠席し、そのためにとうとう総理大臣は、総辞職か国会解散かを、選ぶ羽目になった。中山総理は、遂に国会解散を決断した。こうして、六月二日に衆院の選挙戦が開始すると決まった日の夜、シロは、クロからの電話を受けた。

「……いよいよ、チャンスがやって来た。例の薬を使ってもらう」

クロは重々しく言った。

「いつ、どこで？」

シロは訊いた。そばにいる桃も、心配気に聞いていた。

「総理は、公示と同時に、街頭演説に出かける。主に、第一日目は、激戦を伝えられる横浜市内を廻る。そこで、そのチャンスを逃さずに仕事を片付けてほしい」

「横浜市内といっても、広いのですが……」

「佐原候補のところがいい。あそこで、総理はひと休みする予定になっている。おそらく総理は、冷たい水を欲しがるだろう。あの候補の選挙事務所には、こちらの息がかかっている女がいる。それによく言っておくから、薬をそれに渡すのだ」

「どんな女ですか？」

「右目の下に、大きなホクロがある」

「いつ、渡したらいいのですか？」

「早くても遅くてもいけない。どちらも怪しまれる。総理が事務所に立ち寄る五分前……時間は、午後三時五分前だ……」

クロは、正確に指示を出した。

「午後三時五分前、佐原事務所で、右目の下に大きなホクロのある女に、この薬を渡すのですね？」

「そうだ」

〈簡単だな〉

と、シロは思った。

それだけのことで、一億円をもらえるとは……。

「その女には、毒の話はしてあるんですか？」

「いや、していない。毒だと知れば、手がふるえて失敗する。その女は全然、自分のした行為に気がつかないだろう。つまり、こう言ってある。総理は、水を飲むとき、必ず、塩素の解毒剤を入れる。しかし、これは、ほかの者には不安でやらせられない。あんたを信用して頼む……と。水を飲んだ総理は、なんの変化もみせないはずだから、その女には罪の意識はないと思う。くれぐれも、量を間違えないように……」

「承知しました」

これで一切のプランは、シロの耳にはいったことになる。

電話を切ると、

「さ、仕事だ」

と、シロは言った。

当日、シロは巧みに立ち廻った。佐原の選挙事務所の周辺にも、早くから顔を出した。そして、じっと時計を見詰めた。

午後三時五分前になって、シロは、佐原のファンのような顔をして、事務所の中にはいった。

右目の下に、ホクロのある女はすぐに分かった。薬包紙に移した、耳かき一杯の薬を、そっと手渡した。

「…………」

女は、心得た様子で、軽くうなずいた。

〈うまくいった……〉

シロは、さっと事務所からとび出していた。タイミングがよかった。そのとき、警察の車が先導して、総理の車は、目と鼻の先まで来ていた。一、二分遅ければ、シロは事務所内へはいるのに、苦労したはずである。

この仕事は、なんでもないようだが、やはり、大きな危険をはらんでいた。

あの女は、「人目につかぬように」薬を入れてくれと頼まれたはずだが、やはり、見咎められるかもしれない。そのとき、結局、シロの人相が浮かんできて、彼の身の危険は大きくなる。

クロは、そうした点を計算に入れているに違いない。

マンションに帰ってくると、桃が、

「うまくいった？」

と訊いた。

「ちょっとやっただけ……あれで一億円とはボロいもうけだな」

シロは上機嫌だった。

「ねえ……本当に、一億円、もらえるの？」

「そりゃ、実際に、向こうは一億円を用意したじゃないか」

「でも、それは初めの話よ。最初は、あんたに一億円を払って、もっと直接的なやり方でやるつもりだったんじゃないの」

「そうかもしれないが、今度の薬のほうがお互いにやりやすいよ」

「でも……私、心配。だって、向こうは、二億円も投資するかしら？」

「おれは、すると思う。賭けてもいい」

「私は疑問よ」

桃は、俄に不思議な感じを持ち始めたらしい。

「どうして？」

「だって……」

桃が何か言いかけたとき、クロからの電話があった。

「やったか？」

「はい」

「分かった。明日までに効果は出るだろう。それによって、一億円を払う」

「ありがとうございます」

シロは、電話の前で頭をさげた。

4

翌日、テレビニュースは、一斉に、中山総理が、夜のうちに救急車で、竜の口（たつのくち）病院に入院したことを報じた。

「うまくいったぞ」

シロは、桃に話しかけた。

「不整脈って何？」

桃が訊いた。

「文字通り、脈がうまく打っていないんだ。これで、選挙の応援はできない。おそらく、予定されているサミットにも出席できないだろうな」

「恐ろしいものね。みんなが知らないのに、実際、一人の人が葬り去られるのね」

「おいおい。桃にも、そんな感傷があるのかい？」

「そりゃ、あるわよ」

と、二人で喋っているところへ、クロからの電話だった。

「作戦は成功したようだ。一億円を払う。すぐに車で上野の寛永寺裏へ来てもらいたい」

シロは、待ち焦がれていただけに、

「万歳」

と叫んだ。

桃が訊いた。

「リュックサックを持ってゆく？」

「そうだな。上野駅も近いことだし、登山姿も満更、捨てたものじゃないだろう。向こうはこっちを知っているが、こっちは知らないんだ。目立つ姿がいいと思うよ」

シロは、ニックネーム通り、さっぱりした白い心で一億円の受取りに出かけた。桃は、「一緒に行く」と言ったが、彼はそれをとめた。

自分一人で、一億円を貰って帰る行為に、何か晴れがましいものを感じていた。

シロは白昼のことでもあるし、なんの不安も感じていなかった。

寛永寺の裏というのは、上野図書館側で、そこには、樹木が生い茂っており、天然の木陰になっている。シロが登山姿でそこまで行くと、一台の黒塗りの車がとまっていた。そして、

シロの姿を見ると、サングラスをした黒ずくめの人物が車からおり、

「こっちへ」

と、低い声で合図した。

時折、車は通過するが、歩行者の姿はない。シロは誘われるままに、木陰にはいった。その瞬間、サングラスの人物の右手は、電光のような早さで動いた。

「…………」

灼熱の刃が、シロの内腿のあたりに突きささった。

「何をする！」

シロは猛然と反撃した。相手が心臓を狙わず、第一撃を下腹部周辺に向けたのは、シロの幸運である。シロも、危険な商売をしているタシナミとして、下腹部から腿の部分には、スチールを編み込んだショートパンツをはいていた。これは、ドスの攻撃というのが、この部位を狙ってくるのに対応した防禦だった。

成功すると思った不意打ちが、思うようにならず、サングラスの人物は、慌てて身をひるがえした。

「待て！」

といったが、やはり、腿からは出血し始めた。その痛みに耐えながら追ったものの、敵は、エンジンをかけ放しにした車にとび乗って逃げ去った。

〈やられたか！〉

あのサングラスが、電話をかけて来たクロに違いない。

〈なんというひどい仕打ちだ……〉

シロの頭に血がのぼった。

一億円を用意するといいながら、これはとんだお礼である。さては、二億円まで出す気がなく、面倒だとばかり、闇討ちとは卑怯ではないか。

〈今に見ていろよ！〉

傷ついた左の足をひきずりながら、シロは歯ぎしりした。


桃の待っているマンションへ行く前に、外科医院へ寄って、傷の手当を受けた。さいわい、五針ほど縫ったが、急所を外れていたし、刃は編み込んだスチールのために浅く肌に傷つけただけに終わった。

「女房と喧嘩して、だらしのないことになっちまって……」

シロは、外科医に弁解した。

「夫婦喧嘩はしても、刃傷沙汰はいけませんなあ」

医者はそう言ったが、シロの表情が明るかったので、深刻な受けとめはしなかったようだ。場合によれば、医者は警察に届ける義務を負っているので、話が厄介なことになりやすい。

マンションに戻ると、桃はハッと表情をかえた。リュックサックがぺちゃんこなので、取引きの不成功はひと目で分かるのだ。

「どうしたの？」

桃が訊いた。

「騙された。この通りだ……」

シロは、ズボンを脱いで、繃帯を見せた。

「まあ、ひどい。殺そうとしたのね。あんたを」

「そうだ。これが一億円の代わりだよ」

「…………」

桃はみるみる、顔色を真っ赤にした。

「まあ、見ていろ。この傷さえよくなれば、きっと仇を討つ。なに、二、三日の辛抱だ」

「ううん。あんただけにやらせないわ。それにあんたに対しては、向こうも警戒しているでしょう。気をつけて。絶対にまた狙われるわ」

「分かっているよ」

「でも、私は女だし、向こうは油断している。きっと、スキを見せると思うの。ね。あんたを殺ろうとしたクロという男、どんな人相だった？」

「それが黒いサングラスに、黒ずくめの服装で、よく人相は分からなかった。ただ、身長は一メートル六十くらいの小柄で、顎が角張っているんだ」

「そう。それだけじゃ、もうひとつ、ハッキリしないわねえ」

「あとは、そいつの乗って来た車だ」

「車……。それはいいじゃないの。ナンバーは覚えているんでしょう?」

車を見たら、ナンバーを記憶するのは、もう常識といってもいいくらいだ。

「うん。練馬ナンバーだ。24の5×だと思う」

「凄いわ。それで大丈夫。その車の所有者は、陸運事務所で調べさせるわ。私の友達があそこにいるのよ。そして、その所有者か関係者の中に、身長一メートル六十くらいの小柄で、顎が角張っているのを捜せばいいんでしょ」

「急ぐなよ。万一のことがあったらどうする?」

「まかせて頂戴」

桃はシロを愛していたのだ。それだけに、卑怯な裏切り者を許せないと思ったのだろう。シロが制止するのを振り切って、外出していった。

外出後、二時間経ったら、桃からの電話がはいった。とても元気のよい声であった。

「分かったわ。やっぱり思ったように、あの車は、自在党の二川老人の所有よ。でも、あなたを襲ったのは、むろん、老人じゃないわ。そこを調べて、また、電話するわ」

「そうか。おれをダシに使っておいて、消そうとしたのか」

「まあ、初めは、本当の一億円を出したのだから、二川老人は、支払う意思があったのよ。でも、二億円は出す気にならなかったのね」

「真犯人は分かりそうか?」

「今日中に目鼻をつけるわ」

電話は、自信たっぷりに、そこで切れた。

シロはテレビを点け、リバイバルの西部劇を見ていた。

最初の電話から三時間経って、また桃からの連絡がはいった。もう夕刻になっていた。

「だんだん、分かって来たわ。あの車を運転して、上野寛永寺へ向かった人物の様子が……」

「誰なんだ？」

「名前は未だつかんでいないの。その車を尾行しているのよ」

「どこにいる？」

「五反田の〈ランカシャー〉という高級ドライブイン。例の人物が、誰かと会うつもりらしいの」

「分かった。それでは、できる限りチャンスをつかんで電話してくれよ。それから、無理はしないで……」

「大丈夫、大丈夫……」

桃は、自信たっぷりであったが、シロの心には、一抹の不安が残った。

5

その不安は、現実のものになった。あれほど、〈できる限り、チャンスをつかんで電話してくれよ〉と言ったのに、プッツリと連絡は絶えた。

〈おかしいな〉

不思議に、予感というものはあるのだ。シロは、一晩中、悶々として、よく眠ることができなかった。

一夜明けて、午前七時、八時……となっても、桃からの電話はなかった。

〈いかん。きっと何かあったんだ……〉

シロは、今や、ハッキリと異常を予感した。昨夕、桃からの連絡は、五反田の〈ランカシャー〉という高級ドライブインからだった。彼女は、例のサングラスの人物を追って、そこへ行ったはずだ。

〈ランカシャー〉へ行けば、何か訊き出せるかもしれない。

シロは、自分の車を運転して、五反田へ向かった。

〈ランカシャー〉は、二十四時間営業である。しかし、午前中は客の数は少ないようだった。

シロは、駐車場へ車をとめ、ドアの前に立った。自動扉が開くと、ボーイが、

「お一人様でございますか？」

と、シロを見て言った。

「いや……ちょっと訊きたいんだがね」

「なんですか？」

「昨日の夕方……午後五時半頃から六時頃だと思うんだが……ここに、こんな女が来なかったかね？」

シロは、用意して来た桃の写真を、ボーイに見せた。

まだ頬の所々に、ニキビの痕がある若いボーイは、それを受け取ると、シロをじっと見た。

多分、シロを刑事と間違えたのだろう。

「ちょっとお待ち下さい」

と、店の奥へ引っ込んだ。

そして、同僚やマネージャーなどから訊いて戻って来たが、

「誰も知らないらしいです」

と応えた。

おそらく、その時刻は混み合っていただろうし、桃は周囲に目立たないようにしていたはずだから、店員が知らなくても無理はない。

ここで桃の足取りがプッツリと切れてしまった印象があった。

仕方がないので、〈ランカシャー〉を出て、車を北へ向けて走らせた。ハッキリしたアテはないが、あのクロというのは、いつだったか、自分の住まいを「隅田川に近い」と喋ったことがあるのを、思い出したのだ。

都心部を走りぬけて、柳橋へ出た。柳橋は、名ばかりが風流で、現実は、緑色に塗ったアーチ型の鉄橋である。

その手前で車をおりた。隅田川と支川(しせん)の交差している場所だった。

広い川幅の隅田川寄りに、黒山の人だかりがしていた。

何やら胸騒ぎがして、シロは、その人垣を分けて覗いた。

「なんですか？」

「若い女の死体が、隅田川に浮かんでいたんですよ……」

野次馬の一人が応えた。

丁度、その死体が、小舟で引き揚げられ、ビニールござの上に横たえられたところだった。

「桃……」

シロは走り寄った。

刑事らしい目付きの鋭い男が、

「身寄りの人ですか？」

と問いかけて来た。

「友達です」

シロは、〈妻〉とは言えないだけに、反射的にそう言った。

「それはいい。じゃ、こっちへ来て、ハッキリ身許を確認して下さい」

シロは、濡れた遺体を見た。

〈ひどい！〉

頭に血がのぼった。

全身ズブ濡れの死体は、妙に生々しい感じを見る者に与える。桃は下半身を露出し、しかも、そこをズタズタに切り刻まれていた。明らかに、惨殺されたのだ。

その顔は、恐怖と苦痛で、ひどく歪んでいた。

〈あいつの仕業だ！〉

シロは、クロを思い浮かべた。

「どうです？　間違いありませんか？」

「はい」

応えたが、シロは怒りが全身を、電気のように走るのを覚えた。

〈桃……。必ず敵（かたき）はとってやるぞ……。しかし……一体どこで、どんな風にして、殺されたんだ？〉

6

柳橋界隈は、隅田川の河岸に、高速6号線が通っている。そこから、桃の死体は、川の中へ投げ込まれたのか？

シロは、刑事に訊かれた。

「被害者からの一番最後の連絡は？」

「ランカシャーというドライブインです」

「そこで何をしていたのか、ご存知ですか？」

「それがまったく知らないのです」

シロは、自分のほうからのデータを出さずに、相手の情報を手に入れようとした。

そして、巧みに探りを入れると、検死の結果、次のような事実がつかめた。

死体の後頭部には、強く叩かれた痕がある。これは、被害者が、まず一撃され、意識を失ったところを、暴行されたと推定できる。

それから、死体の漂着していた河岸は、流れに澱みのできるところで、当然、隅田川の上流から漂って来たことになる。

問題は、どこで、死体が捨てられたかだ。その点で、ひとつ手がかりとなるのは、吾妻橋の橋脚が、修理工事の最中で、そこで流れの一部が狭くなっている。工事は突貫でおこなわれ、現在、二十四時間態勢だった。

だから、四六時中、作業員の目があるので、人間一人が、川面に浮かんで流れれば、目につかぬとは考えにくい。

となると、犯人が、桃の遺体を投棄したのは、吾妻橋の下流から、駒形橋、厩橋、蔵前橋の間であろうという推理がなり立つ。

〈よし、その間で、クロと関係のある何かがきっと捜せるはずだ……〉

シロは密かに思った。

しかも、警察には言っていないが、練馬ナンバーの24の5×という車。それを彼はつかんでいるのだ。

〈あの車さえ見つかれば……。花咲爺さん作戦というなら、あの車を手がかりに、おれは、ここ掘れわんわんと鳴いてやるぞ〉

シロは内心で決断した。

警察署で、一通り話を終えた後、シロは隅田川沿いを歩き始めた。

シロの感じでは、桃は、そんなに遠くから隅田川へ運ばれたものではないと思う。もし、遠くまで運ぶ気なら、何も、大都会の真っ只中である隅田川に捨てることはない。伊豆沖へでも持ってゆくか、山の中の湖に沈めればよい。

隅田川へ捨てたのは、たまたま、犯行現場が川に近かったからに過ぎないと想像される。

シロは、蔵前から駒形へかけて歩き、駐車場には目を光らせた。そこに、例のナンバーの車があれば、桃はそこで殺されたのである。

〈桃よ。必ず……おまえの怨みははらしてやるからな〉

彼の目の前に、下腹部を、ズタズタに切り裂かれた彼女の、悲惨な姿が浮かんだ。犯人は、変態性の男なのだろうか？　単に、殺すだけでは足りずに、実に恐ろしいやり口である。

シロは夢中で、露地から露地へと廻り続けた。

どのくらい歩いたろうか。厩橋の少し南側まで来たとき、シロはそこに白亜のマンションが建っているのに気がついた。

「…………」

シロの目は、そのマンションの脇にある駐車場の一点に吸い寄せられた。なんと、そこに尋ね求めていたあの練馬ナンバーがあったのだ。

あたりには人影はなかった。駐車場の、その場所には、「大久保」という姓がペンキで書いてあった。

車の所有者は二川だが、駐車場とは違う。あるいは、大久保という家へ、犯人が訪問中なのかもしれない。

〈とにかく、なんとかして、大久保の家の様子を知りたい〉

シロが目をつけたのも当然だった。このマンションの東側は、すぐが隅田川になっている。マンション内で殺したとしても、川へ投げこむのは、非常に容易である。

シロは、こうした状況を、ざっと観察した。マンションの玄関口を覗くと、そこに居住者のネームがでている。大久保は二階だった。しかし、ここは高級マンションらしく、全体につくりがゆったりしていて、吹きぬけの天井部分には、立派なシャンデリアがさがっていた。

シロは、ゆっくりと階段を二階までのぼった。五階建なのに、ちゃんとエレベーターがついている。しかし。シロはわざと歩いて、階段をのぼったが、それは逃げ出すときの用心だった。

廊下には、靴のかかとが沈むくらいの、部厚いカーペットが敷いてあった。真っ赤な色が、壁のクリーム色に映えて、実に派手な印象を与えた。

シロは、フト、その赤に、殺された桃の血を連想した。

7

現在、シロの持っている武器は、ドスでもなければ、拳銃でもなかった。前にクロからの命令を実行するために、秘密ルートで入手した白い粉末であった。シロはこれを〈死の灰（デス・アッシュ）〉と呼んでいた。

〈死の灰〉は、やはりアメリカのＣＩＡによって開発された兵器で、特殊の小型の袋にはいっている。いざというとき、その袋の一端を強く押すと、〈死の灰〉が噴射され、相手の目、鼻、咽喉あるいは、一部、皮膚からも体内に侵入する。

〈死の灰〉とはいっても、致死性を目的とはせず、一時的に、相手の自由を失わせるものだが、その主成分であるエゼリンは、皮下や粘膜から速やかに吸収されて、体内で働く。特に、中枢神経系に作用して、痙攣をおこさせる。

シロは、常時、これを携帯していた。

大きく一呼吸した後、シロは、大久保の標札がでているドアのベルを押した。

反応があって、覗き窓から、誰かが、こちらを見ている気配がした。

やがて、ドアがあいた。

「失礼ですが、こちらは大久保さんでしょうか？」

大久保というのは、ブルーのワンピースを着た若い女であった。ひとつ、大きく〈そうです〉というように頷いた。

「ちょっと伺いますが、おたくの駐車場にとめてある車……練馬ナンバーのあれですが……どなたが乗って来られたのでしょう？」

シロは、期待を籠めて訊いた。すると、どうしたことか、女は眉をしかめて、苦しそうに自分の咽喉を指さした。

「………」

「は？　声が出ないのですか？」

シロはびっくりした。女は、指を空中に突き出し、そこに文字を書いた。
ワ、カ、ラ、ナ、イ……
「分からない？　どういうことなんです？」

もどかしかった。

女は、二、三度、瞬きした。瞳には冷たい部分もあるが、面長の日本的な美人である。彼女は、再び、指で文字を書いた。
シ、リ、マ、セ、ン……
「ああ、知らないのですか？　実は、あの車に乗っている人を捜しているのです。どうしても知りたいのですが……」

急に、女の態度が変わった。
ド、ウ、ゾ……
「あがっていいんですね？」

シロは念を押しながらも、キッとした。あるいはここで、何か手がかりが得られるかもしれないのだ。

女は、ドアチェーンを外してくれた。

シロは、室内にはいった。女は、手真似で、シロをダイニングルームへ案内した。

「お構いなく。用件さえすめば、失礼します」

女は、ポットから、お湯を汲み、コーヒーを注れてくれた。

「や、どうも、どうも……」

シロはそう言った。
ド、ウ、ゾ……女は、また、彼に勧めて、向かいの席に坐った。
「言葉がご不自由のようですから、簡単に用件をすませたいのですが……」

女は、しきりに、コーヒーをシロに勧めた。シロは口にもっていった。が、飲みはしなかった。

「私は猫舌で……」

と言った。

立派なダイニングルームだった。広い空間に、デンドロビュームやゴムの樹などの、観葉植物が生い茂り、壁には、ルノワールの絵がかかっていたが、どうやら本物らしい様子だった。

このときであった。突然、部屋の一隅にあった電話のベルが鳴り響いた。女は反射的に立ちあがり、送受器をつかんだ。

「はい」

と、女は応えた。

「今は具合が悪いの、あとで……」

女は低い声でそう言うと、ガチャリと電話を切った。

しかし、このとき、シロは完全に、この女の正体を見破っていた。シロは、椅子を蹴って立ちあがった。

「驚いたな。あんたがクロだとは……」

「何を言ってるの！」

と、女は甲高く喋った。

「変装していたから、すっかり騙されたよ」とシロは苦々しく言った。

「しかし、今のその電話の声で分かった。おれは、今まで、クロとは、電話でしか喋っていなかったからね。その代わり、電話をかけている声の調子はよく分かるんだ。そっちも、声からバレるのをおそれて、咽喉を痛めている真似をしたんだろう……」

「………」

「弁解できまい。そうか……。あんたは、二川老人の妾か何かだな。そうでなければ、あのルノワールの絵みたいな、超高価なものを壁にかけておけるわけはないんだ」

「大きな誤解よ。どうしてそんな……」

女は未だ呟くように言った。

「これが誤解かい？　……じゃ、このコーヒーを自分で飲んでもらおうか……」

「…………」

「そら、顔色が変わった。このコーヒーの中には、睡眠薬か、毒が投入してあるに違いないんだ。これこそ、確かな証拠さ」

「畜生！」

女は急に正体を現わすと、テーブルのほうへ走り寄ろうとした。おそらく、銃器を取るつもりだったのだろう。

しかし、シロはその寸前に、〈死の灰〉を女にふりかけた。室内なので、自分もそれを吸収する心配があるので、極く少量にした。それでも、女は、不意に躰を曲げると、その場へ倒れ込んだ。

シロは、女を抱き、隣室を覗いた。そこには大きなダブルベッドがあった。シロは、女をベッドの上に、ドスンと投げおろした。それから、衣裳ダンスの中から細い紐をみつけて、女の両手両足を、大の字に開かせ、ベッドに縛りつけた。

次に、キッチンから大型の果物ナイフを捜して来た。

〈桃は、ここのバスルームの中で、あんな風に、惨殺されたのだろう……〉

可哀そうだった。

怒りを籠めて、シロは女の両頰を叩いた。〈死の灰〉は、極く微量だったから、女はすぐに意識を取り戻した。

「おい、一体、どんな風にして、桃を可愛がってくれたんだ？　男に暴行されたにしては、陰湿なやり方だと思ったが、犯人は女だったわけだ。これから、そのお礼をさせてもらうよ……」

「た、す、け、て……」

女は苦しそうに、眉を歪めた。

「冗談じゃない。こっちは、自分の最愛のものを失ったんだ。その代償は当然だろう……。そのくらいの覚悟はできているはずだ……」

シロはナイフを構えた。

「…………」

女は絶望的な悲鳴をあげた。

シロは、ナイフの刃をワンピースにあて、シュッシュッという小気味よい音と共に、それを切り裂いていった。

下着も切った。

「や、め、て……」

その女の声には構わず、ブラジャーも切り裂いた。プクンプクンと、豊かな乳房が目の前に現われた。

女は、いわゆる蜂腰で、そこを二川老人が可愛がったに違いない可愛い臍までが、あらわになった。

シロは、淡い茂みの透けて見えるスキャンティにナイフを当てた。そして、なんの躊躇もなく、二つに切り裂いた。

大きく開股されているから、その瞬間、スキャンティは左右に開き、女の恥ずかしい部分は、シロの目の前にそっくり露呈されてしまった。

「命令があったから……それで……仕方がなかったのよ」

女は、真っ蒼になって弁解した。

「仕方がない？　仕方がなくて殺したんだって！」

シロは怒りの声で言った。

同性であるがゆえの、悲惨な殺人。自分のために死んでしまった若い生命を思うと、シロは、この女を許すわけにはいかなかった。だが、ひと思いに殺したのでは、胸のモヤモヤがはれそうもなかった。

「命令した人の名を教えてもいいわ。きっと特ダネになるはずよ」

女は、シロに餌を投げかけてきた。

シロは笑った。

「こうなったら、誰の命令だって構うものか……。おれはもう、こんな世界からアシを洗うさ。騙し合い、殺し合いは、もう結構なんだ……」

「まさか……最後に私を殺そうというんじゃないでしょうね？」

女は、蒼ざめたまま、みじめな全裸を震わせていた。ピンク色の恥ずかしい部分が、喘いでいる……。

「殺しても飽きたりないよ。ズタズタにしてやりたい」

「許して。お願い。怕(こわ)いわ」

「泣きごとを言うな！　本来なら、このナイフでとどめを刺してやるんだが……。殺しは嫌になった。その代わり、獣のように扱ってやるから覚悟しろ！」

シロは、ナイフを捨て、無防備の女に襲いかかった。それは、むろん、正常なセックスとは、ほど遠いものであった。ナイフの代わりに、肉の凶器によって、女をズタズタに切り刻もうというつもりだった。

シロは、女を前後左右、あるいは曲げ、あるいは伸ばし、その口から、本当の獣のような悲鳴があがるまで、徹底的に責め続けた。

8

女は、ベッドの上に、ボロ布のように打ち倒れていた。

シロは、それを冷ややかに見、それから衣服をつけると、もう後も、振り向かずに、その部屋を出た。

〈……あとは、あの一億円だ……。おれが貰うはずの一億円を、取り戻してやる……〉

シロは、マンションを出た。駐車場には、例の車がとまっていた。女の許から持ち出した車のキーを使って、エンジンをスタートさせた。

シロは、身も心もサッパリした思いであった。桃のための復讐はしたし、一億円さえ取り戻せばよいと思った。その心に、スキが生じたのは、やむをえないことかもしれなかった。シロの走らせる車の後ろを、ピタリと一台のセダンタイプの国産車がつけていた。シロがマンションへはいったとき、どこかから、女のところへかかって来た電話。それをつい忘れていたのは、シロのミスといえるだろう。

二川老人の指示で、女を守っている連中が、マンションの異変に気がついて、急行して来たのだ。

もし、シロが、例の車に乗りさえしなければ、途中、その連中とは、すれ違ってしまったところだ。

シロはマークされてしまった。その現実に気づかなかったのは、彼が女を獣扱いにしたことに、満足していたからだ。

車の行き先は、一億円を拾得したタクシー運転手、色川進の家だ。現金は、警察の手に渡っているが、色川に一本釘をさしておいて、後日、取り戻そうという肚(はら)だった。

車は、都心部にはいった。尾行するほうは、信号待ちの関係で、次第に、シロの車に接近してくる。

シロは、交差点で一時停止したとき、ふとバックミラーの中に、後続車の姿を見つけた。運転している男が、不意に視線を逸(そ)らせたので、かえって怪しかった。

〈待てよ。尾行(つけ)られたか……〉

ここでやっと自分のピンチに気づいたのである。

シロは、飛び道具がないので、なんとかして、この際は逃げ切りたかった。相手は、拳銃などの用意があるに違いない。

アクセルを踏みこみ、信号が変わると同時にドンドン飛ばし始めた。

国道1号線を南へ走った。どこかで、尾行車をまき、安全圏へはいりたかった。しかし、後続車は巧みなハンドルさばきで、シロをピタリとつけ、絶対に逃さないという態勢であった。

シロの車のエンジンは、全速回転をした。

〈そうだ。ひとつ交通違反を犯そう。そうすればパトカーが出動するだろう。相手は凶器を持っているから、調べられるのは困るはずだ……〉

スピード違反でもなんでもよかった。シロは真剣であった。万一、下手なやり方をすれば、自分が死ななければならない。それを覚悟した。

ビュンビュンと飛ばす。後続車は〈逃すものか〉とばかりにスピードをあげて来た。道路は国道16号にはいった。

シロは、車を横浜港から本牧埠頭のほうへ向けた。

急に、後続車はスピードをあげた。もう百キロをオーバーしている。が、信号のところでは、どうしても速度をダウンしなくてはいけない。相手も、シロの狙いを見破ったらしい。ぐんぐん近寄って来た。

車は、埠頭内の工場を巡る幅の広い道路へ突入した。その機会に、二台平行して走るようになった。敵の車の窓が開き、そこから拳銃の銃口がシロを狙った。

〈危ない！〉

シロは咄嗟に、自分の車を相手のそれに衝突させた。二台の車は激しくぶつかり合い、一つのカタマリとなって、コンクリートの壁面に激突した。

激突と同時に、ペチャンコになった二台の車は、ほとんど一緒に燃えあがった。

シロは、血だらけになったが、ドアが外れたはずみに、路上に投げ出された。黒煙と炎が物凄く立ちのぼった。

〈桃……〉

シロは薄れてゆく意識の中で、そう呟いた。

〈桃……。おまえは、怒っているのか。おれがあの女の躰を自由にしたことで……。あれは復讐のつもりだったのに……〉

そして、シロは、ガクッとその場に崩れ落ちた。

追跡者達は、つぶれた車の中で、そのまま焼け爛れてしまった。白昼の、一瞬の事故だった。

それから間もなく、東京、竜の口病院に入院中の中山総理が、突然、心不全を起こし、急逝したというニュースが、人々の耳を驚かせた。しかし、それとこの自動車事故を、結びつける者は誰もいなかった。

解説

山前　譲

漫画やアニメーション、そしてファミコンやパソコンが普及して、子供の娯楽が多様化した現在、お伽噺（昔話）は子供社会でどういう位置を占めているのだろうか。相変らずテレビ・アニメーションの昔話のシリーズはつづいているし、一方では民話ブームもあり（このへんは混同があるらしい）、口承文学という形態は別にして、まったく子供の世界からお伽噺が消えさったわけでもないようだが。

そのお伽噺、咄嗟に思いつくのはいくつぐらいあるだろう。題名は知っていても、詳しいストーリィは覚えていないというのが結構あるのではなかろうか。お伽噺、昔話の類いは何百何千とあるし、口伝えが特徴だけに、同じ話でも全国各地にいろいろとヴァリエーションがあって、今回あらためて昔話をまとめたものを読んでみると、こんな話だったかなあと思うものも多かった。

本書には、そんなお伽噺のなかでも比較的ポピュラーなものをモチーフにした、七篇のミステリィが収録されている。個々のお伽噺についてはいまさら語ることもないだろうから、収録作品の周辺について簡単に触れる。

かちかち山

悪役として散々な目にあい最後には溺れ死ぬ狸は、地方によって熊あるいは狼になるという。復讐物のバイオレンス・ミステリィと言ってもいいような物語だが、伴野朗氏の「カチカチ山殺人事件」(『小説現代』昭和五十四年十月　集英社文庫「密室球場」収録)は、そこに登場する動物たちが犯人逮捕のヒントとなる。昭和五十一年に「五十万年の死角」で江戸川乱歩賞を受賞した伴野氏は、朝日新聞に勤務し(つい最近三年間の上海支局長の職務を終えて激動の中国から帰国した)、冒険小説や新聞記者物が多いが、本作は子供を登場させてひと味違う仕上りとなっている。

さるかに合戦

食べ物の恨みは恐ろしい、などと言ってはいけないのだろう。しかし、蟹に味方した栗や蜂に完膚(かんぷ)なきまでやられて、最後は臼の下敷きになってしまう猿がかわいそうと思えなくもない。その猿と蟹の因縁を暴力団抗争として現代に甦らせたのが、都筑道夫氏の「猿かに合戦」(『オール讀物』昭和五十二年十一月　角川文庫「都筑道夫スリラーハウス」収録)である。徳間文庫から刊行された「フォークロスコープ日本」のほうには、民話ふうのファンタスティック・ミステリィや本作の他、「一寸法師はどこへ行った」「絵本カチカチ山後篇」「浦島」といった短篇が収録されている。こうした遊び心たっぷりの作品は都筑氏の得意とするところで、本作について徳間文庫の著者自身の解説では、〝いきなり現代に持ってこないで、いったん猿飛佐助と可児才蔵にむすびつけたところが、みそになっている〟と述べている。

舌切りすずめ

この物語のすごさは、おばあさんに舌を切られてしまったすずめのお宿へ行くまでに、おじいさんに課せられる難題である。これもところによって違うようだが、極端なほうでは小便を飲まされたり薔薇の上を転がったりと、ちょっとしたサバイバル冒険小説の趣がある。戸川昌子氏の「怨念の宿」（『小説宝石』昭和五十二年三月　徳間文庫「嬬恋木乃伊」収録）は、舌切りすずめ発祥の本家と称し絵巻や鋏を展示している温泉地の旅館を主な舞台としたサスペンスで、鋏が全篇に恐怖をそそっている。

竹取物語

平安時代初期に成立した日本最古と言われる物語文学で、他の話とは成立が少し異なっている。昔話としては「天人女房」とよばれる、いわゆる天女が登場するものがこの話に相当する。次の「浦島太郎」もそうであるが、お伽噺はミステリィの要素よりもＳＦ的要素のほうが多い。天女にしてもかぐや姫にしても、そのまま異星人との遭遇事件としてなんら違和感がない。その「竹取物語」を人間消失事件に仕立てたのが、高木彬光氏の「月世界の女」（『新青年』昭和二十四年九月　角川文庫「わが一高時代の犯罪」収録）である。一種の密室状況ということで、鮎川哲也氏編「密室探求第二集」に採られてもいる。天女をモチーフにした作品には、土屋隆夫氏の「再婚学入門」がある。

浦島太郎

玉手箱を開けたとたんに老人になってしまうというのは、光速、あるいはそれに近い速度で宇宙旅行をした際、宇宙船内と地球上では時間の進みかたが違ってくることを端的に現していて、「ウラシマ効果」という言葉は、たしかちゃんと学術用語になっているはずである。したがって、小松左京氏の作品など、ＳＦではよく取り上げられる物語である。井沢元彦氏の「乙姫様の贈り物」（『小説ＮＯＮ』昭和六十二年三月）は、浦島という名字のフリーライターを主人公として、現代の「浦島太郎」物語をつくっている。もちろんＳＦではないから、主人公が老人になることはない。探偵役の南条圭は、昭和五十五年に「猿丸幻視行」で江戸川乱歩賞を受賞した直後の短篇「極東銀行の殺人」以来、氏の作品に活躍している名探偵である。

浦島の名は「日本書記」や「丹後風土記」にもみられ、全国各地に伝説が残されている。そのなかの四国の伝説を背景とした長篇に、内田康夫氏の「讃岐路殺人事件」がある。

桃太郎

お伽噺が子供のための話であることから、当然のこととして唱歌や童謡にもなっている。本書に取り上げた物語の他にも、「金太郎」や「一寸法師」などの歌をよく口ずさんだものである。とくにこの「桃太郎」の歌は懐かしい。この話を知らない人はあまりいないと思うが、時世にあわせていろいろなパターンの「桃太郎」が作られたという新聞記事を、最近みかけた。なかには「教育勅語・桃太郎訓話」なるものもあったというから、あまり有名な話というのも善し悪しである。佐野洋氏の「愛は死よりも」（『週刊サンケイ』昭和三十七年一月十五日 光文社文庫「思い通りの結末」収録）は、桃がどうして川に流れてきたかをショートショートにしている。

花咲爺

お伽噺をモチーフにした推理短篇が豊富にあるとはけっして言えないのに、昭和五十三年から五十五年にかけての二年間に「かちかち山殺人事件」に始まる七篇を書き、五十五年八月に短篇集としてまとめた推理作家がいる。それが「花咲爺さん殺人事件」（初出不明 書下し？ 講談社文庫「お伽噺殺人事件」収録）の作者の斎藤栄氏である。実を言えば、本書の収録順はその「お伽噺殺人事件」の目次と対応している。「花咲爺さん殺人事件」は初出を詳らかにできなかったが、昭和五十五年四月二十五日に起った一億円拾得騒動と同年六月十二日の総理大臣急逝を思わせるストーリィだから、その年の六月か七月に執筆された作品と思われる。

なお、花咲爺さんの前身は、室町時代に書かれた「福富草紙」に登場する、放屁が特技の福富の織部だという。

三好徹氏に民話を題材にした短篇集「断崖の死角」があり、阿井渉介氏の長篇に「竹取物語」の「北列車連殺行」や「かちかち山」の「火の湖列車連殺行」、「さるかに合戦」の「雪列車連殺行」などがあるものの、全体としては作品例が少ないので、お伽噺のストーリィをミステリィに生かすのはSFほど容易ではないようだ。その困難なテーマに取り組んだ本書の一篇一篇で、かつて親しんだお伽噺を振り返ってみてはいかがだろうか。

本書は、一九八九年に、小社より刊行された文庫『お伽噺ミステリー傑作選』の改題・新装版です。本文中、今日では差別表現につながりかねない表現がありますが、作品が書かれた時代背景と作品の価値をかんがみ、そのままとしました。また、解説についても旧版のまま、掲載しています。

カチカチ山殺人事件
昔ばなし×ミステリー【日本篇】

一九八九年一一月 四 日　初版発行
二〇二一年 一 月二〇日　新装版初版発行
二〇二一年 三 月三〇日　新装版2刷発行

著　者　伴野朗、都筑道夫、戸川昌子、高木彬光、井沢元彦、佐野洋、斎藤栄
発行者　小野寺優
発行所　株式会社河出書房新社
〒一五一－〇〇五一
東京都渋谷区千駄ヶ谷二－三二－二
電話〇三－三四〇四－八六一一（編集）
〇三－三四〇四－一二〇一（営業）
http://www.kawade.co.jp/

ロゴ・表紙デザイン　粟津潔
本文フォーマット　佐々木暁
印刷・製本　凸版印刷株式会社

Printed in Japan　ISBN978-4-309-41790-5

アリス殺人事件

有栖川有栖／宮部みゆき／篠田真由美／柄刀一／山口雅也／北原尚彦　41455-3

「不思議の国のアリス」「鏡の国のアリス」をテーマに、現代ミステリーの名手６人が紡ぎだした、あの名探偵も活躍する事件の数々……！　アリスへの愛がたっぷりつまった、珠玉の謎解きをあなたに。

不思議の国のアリス　ミステリー館

中井英夫／都筑道夫 他　41402-7

『不思議の国のアリス』『鏡の国のアリス』をテーマに中井英夫、小栗虫太郎、都筑道夫、海渡英祐、石川喬司、山田正紀、邦正彦らが描いた傑作ミステリ７編！　ミステリファンもアリスファンも必読の一冊！

『吾輩は猫である』殺人事件

奥泉光　41447-8

あの「猫」は生きていた?!　吾輩、ホームズ、ワトソン……苦沙弥先生殺害の謎を解くために猫たちの冒険が始まる。おなじみの迷亭、寒月、東風、さらには宿敵バスカビル家の狗も登場。超弩級ミステリー。

がらくた少女と人喰い煙突

矢樹純　41563-5

立ち入る人数も管理された瀬戸内海の孤島で陰惨な連続殺人事件が起こる。ゴミ収集癖のある《強迫性貯蔵症》の美少女と、他人の秘密を覗かずにはいられない《盗視症》の主人公が織りなす本格ミステリー。

最後のトリック

深水黎一郎　41318-1

ラストに驚愕！　犯人はこの本の《読者全員》！　アイディア料は２億円。スランプ中の作家に、謎の男が「命と引き換えにしても惜しくない」と切実に訴えた、ミステリー界究極のトリックとは⁉

葬偽屋は弔わない

森晶麿　41602-1

自分が死んだら周りの人たちはどんな反応をするんだろう。その願い〈葬偽屋〉が叶えます。アガサ・クリスティー賞作家が描く意外なアウトロー稼業。人の本音に迫る痛快人情ミステリー！

罪深き緑の夏

服部まゆみ　41627-4

“蔦屋敷”に住む兄妹には、誰も知らない秘密がある――十二年前に出会った忘れえぬ少女との再会は、美しい悪夢の始まりだった。夏の鮮烈な日差しのもと巻き起こる惨劇を描く、ゴシックミステリーの絶品。

白い毒

新堂冬樹　41254-2

「医療コンサルタント」を名乗る男は看護師・早苗にこう囁いた。「まもなくこの病院は倒産します。患者を救いたければ……」――新堂冬樹が医療業界最大の闇「病院乗っ取り」に挑んだ医療ミステリー巨編！

華麗なる誘拐

西村京太郎　41756-1

「日本国民全員を誘拐した。五千億円用意しろ」。犯人の要求を日本政府は拒否し、無差別殺人が始まった――。壮大なスケールで描き出す社会派ミステリーの大傑作が遂に復刊！

いつ殺される

楠田匡介　41584-0

公金を横領した役人の心中相手が死を迎えた病室に、幽霊が出るという。なにかと不審があらわになり、警察の捜査は北海道にまで及ぶ。事件の背後にあるものは……トリックとサスペンスの推理長篇。

海鰻荘奇談

香山滋　41578-9

ゴジラ原作者としても有名な、幻想・推理小説の名手・香山滋の傑作選。デビュー作「オラン・ペンデクの復讐」、第一回探偵作家クラブ新人賞受賞「海鰻荘奇談」他、怪奇絢爛全十編。

アンフェアな月

秦建日子　40904-7

赤ん坊が誘拐された。錯乱状態の母親、奇妙な誘拐犯、迷走する捜査。そんな中、山から掘り出されたものは？　ベストセラー『推理小説』（ドラマ「アンフェア」原作）に続く刑事・雪平夏見シリーズ第二弾！

推理小説

秦建日子　40776-0

出版社に届いた「推理小説・上巻」という原稿。そこには殺人事件の詳細と予告、そして「事件を防ぎたければ、続きを入札せよ」という前代未聞の要求が……ＦＮＳ系連続ドラマ「アンフェア」原作！

サイレント・トーキョー

秦建日子　41721-9

恵比寿、渋谷で起きる連続爆弾テロ！　第３のテロを予告する犯人の要求は、首相とのテレビ生対談。繰り返される「これは戦争だ」という言葉。目的は、動機は？　驚愕のクライムサスペンス。映画原作。

心霊殺人事件

坂口安吾　41670-0

傑作推理長篇「不連続殺人事件」の作家の、珠玉の推理短篇全十作。「投手殺人事件」「南京虫殺人事件」「能面の秘密」など、多彩。「アンゴウ」は泣けます。

復員殺人事件

坂口安吾　41702-8

昭和二十二年、倉田家に異様な復員兵が帰還した。その翌晩、殺人事件が。五年前の轢死事件との関連は？　その後の殺人事件は？　名匠・高木彬光が書き継いだ、『不連続殺人事件』に匹敵する推理長篇。

三面鏡の恐怖

木々高太郎　41598-7

別れた恋人にそっくりな妹が現れた。彼女の目的は何か。戦後直後の時代背景に展開する殺人事件。木々高太郎の隠れた代表的推理長篇、初の文庫化。

日本怪談集　奇妙な場所

種村季弘〔編〕　41674-8

妻子の体が半分になって死んでしまう家、尻子玉を奪いあう河童……、日本文学史に残る怪談の中から新旧の傑作だけを選りすぐった怪談アンソロジーが、新装版として復刊！